KB164280

어린이를 위한 관계의 힘

친구

어린이를 위한 관계의 힘

친구

레이먼드 조 원작 · 전지은 지음 | 안경희 그림

한국경제신문

차례

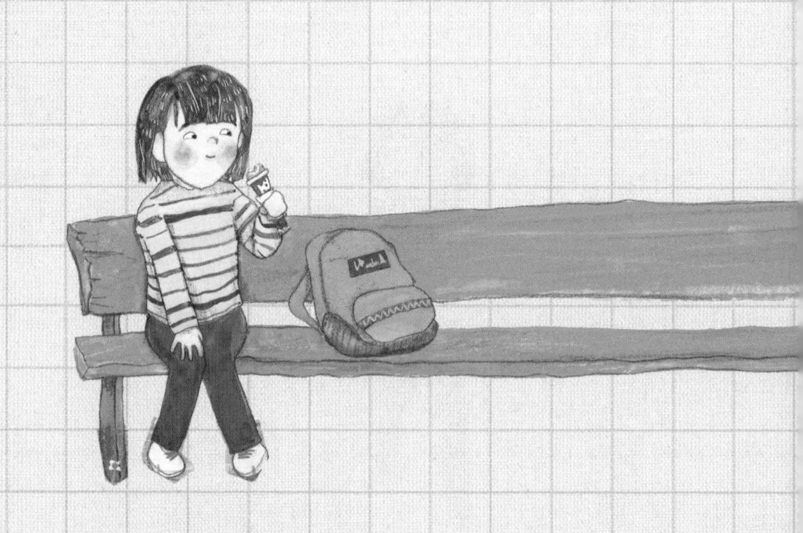

내 이름 부르지 마

언덕길을 힘겹게 올라온 윤지는 '후우' 하고 숨을 크게 몰아쉬었다. 그리고 눈앞에 우뚝 서 있는 건물을 올려다봤다. '과학센터 방문을 환영합니다' 라는 글씨가 적힌 현수막이 바깥벽에 걸려 있었다. 윤지는 휴대전화를 켜서 메모장을 확인했다.

'3층 306호 강의실'

윤지는 메모장에 적힌 대로 3층으로 올라가 강의실 문을 열었다. 강의실 안에는 서너 명의 아이들이 모여 떠들고 있었다. 윤지는 그 아이들에게서 저만치 떨어진 곳에 앉은 뒤, 가방을 열고 책을 꺼내들었다.

Science

잠시 후, 앞문을 열고 선생님이 뚜벅뚜벅 걸어 들어왔다.

"자, 다들 모였니?"

아이들 시선이 모두 선생님을 향했다. 윤지도 책에서 눈을 떼고 선생님을 봤다.

"과학센터에 온 걸 환영한다. 내 이름은…."

선생님은 화이트보드에 '이승훈' 이라고 큼직하게 적은 뒤, 아이들 눈을 하나하나 마주치며 말했다.

"다들 여기 왜 모였는지는 알지?"

"네! 로봇 아이디어 경진대회 때문에요."

한 아이가 또랑또랑하게 외쳤다.

"그래, 맞아. 학교에서 이미 들었겠지만, 너희들은 지난 과학경시대회에서 우수한 성적을 거둬 여기에 뽑혔단다. 우리는 앞으로 일주일에 두 번, 이렇게 모여 로봇 아이디어 경진대회 준비를 할 거야. 참고로 전국에서 이번 경진대회에 참가하는 팀은 우리를 포함해 모두 스물세 팀이야. 다들 뛰어난 인재지. 그러니 모두 힘을 합쳐 좋은 결과를 얻도록 하자!"

말을 마친 선생님은 아이들에게 종이를 한 장씩 나눠줬다.

"먼저 이것부터 작성하자."

윤지도 종이를 받았다. 종이에는 이름과 학교, 주소, 부모님 연락처, 좋아하는 분야 등을 적는 빈칸이 있었다. 윤지는 펜을 들고 차근차근 빈칸을 채워나갔다. 그때였다. 문 여는 소리가 찰칵 들리더니 여자아이 하나가 뛰어들어 왔다.

"늦어서 죄송합니다!"

선생님에게 꾸벅 고개를 숙이고 종이를 받아든 그 아이는 윤지 옆자리에 앉았다. 그러고는 작은 목소리로 윤지에게 인사를 건넸다.

"안녕?"

윤지는 말없이 그 아이 얼굴을 쳐다봤다. 초롱초롱 맑은 눈을 가진 아이였다.

"근데 이 건물, 왜 이렇게 높은 데 있는 거니? 아우, 힘들어."

윤지는 미간을 살짝 찌푸렸다.

"이거 지금 써서 내는 거야?"

윤지는 시선을 다시 종이 위에 둔 채 고개만 끄덕였다.

"아참, 난 이지오라고 해. 넌 이름이 뭐야?"

윤지는 가만히 쓰고 있던 종이를 내밀어 보였다.

"조윤지? 이름 예쁘네. 반가워. 난 청우초등학교 다니는데 넌 어디 다녀?"

윤지는 더 이상 참을 수 없다는 듯 단호한 말투로 쏘아붙였다.

"저기, 나 지금 이거 써야 하거든?"

"아, 미안…."

지오가 무안한지 말끝을 흐렸다.

"자, 이제 다들 적었지?"

선생님이 강의실을 돌아다니며 다 쓴 종이를 거뒀다. 그러고는 다시 교탁으로 걸음을 옮기며 말했다.

"모두들 오늘 처음 봤을 텐데? 서로에 대해 궁금하지?"

"네!"

아이들이 일제히 대답했다. 그사이 윤지는 읽던 책을 다시 펼쳐 들었다.

"그럼 오늘 수업은 자기소개를 하는 것으로 마치도록 하자. 앞줄에 앉은 친구부터 나와볼래?"

남자아이 하나가 쭈뼛거리며 앞으로 나가 자기 이름과 학교 등을 얘기하는 동안, 윤지는 여전히 책 속에 얼굴을 묻고 있었다. 사실 책을 읽고 있는 건 아니었다. 다만 앞에 서 있는 아이를 멍하니 쳐다보는 게 싫어서 책을 읽는 척하는 것이었다.

"자, 다음…."

몇 명의 아이가 자기소개를 끝내자, 선생님이 말했다.

"윤지야, 너잖아."

지오가 작은 소리로 말했다. 그러자 놀란 윤지가 책에서 얼른 시선을 떼고 선생님을 쳐다봤다. 선생님이 고개를 끄덕였다. 윤지는 책을 덮고 앞으로 걸어나갔다.

"저는 시원초등학교에 다니는 조윤지입니다."

말을 끝낸 뒤, 윤지는 한참 동안 그 자리에 서 있었다.

"친구들에게 뭐 더 할 말 없어? 잘 지내보자든가, 꼭 1등을 하자든가…."

"없는데요."

선생님은 잠깐 윤지의 얼굴을 바라보더니, 포기한 듯 이내 아이들을 향해 말했다.

"다음 차례는 누구지?"

윤지는 뚜벅뚜벅 자리로 돌아와 다시 책을 펼쳤다.

'시간이 얼른 가면 좋겠어.'

윤지는 책 속의 글자들을 억지로 머릿속에 집어넣으며 생각했다.

"이제 마지막이지? 다음 친구의 소개를 들어보자."

한 남자아이가 쭈뼛쭈뼛 걸어나가더니 수줍게 말을 꺼냈다.

"저는 시원초등학교에 다니는 유현수입니다."

"시원초등학교?"

선생님이 고개를 갸웃거리며 아이들이 적어낸 종이를 뒤적였다.

"시원초등학교라면, 아까 윤지랑 같은 학교네."

윤지는 자신의 이름이 들리자 고개를 번쩍 들었다.

"너희 둘이 잘 알아?"

윤지는 현수의 얼굴을 자세히 봤다. 까무잡잡한 피부에 유난히 커다란 눈. 마치 외국인처럼 생긴 아이. 눈에 띄는 외모 덕분에 윤지는 4학년 때 현수와 같은 반이었다는 걸 금방 기억해낼 수 있었다.

"전 알아요."

현수가 작은 목소리로 말했다. 하지만 윤지는 고개를 절레절레 저었다. 4학년 내내 윤지는 현수와 말 한마디 해본 적이 없었다. 겨우 얼굴만 기억하면서 아는 사이라고 말할 수는 없다고 윤지는 생각했다.

"같은 학교인데도 잘 몰라?"

선생님이 윤지에게 물었다. 윤지는 말없이 칠판만 뚫어져라 봤다. 그러자 선생님이 현수를 향해 계속하라는 손짓을 해보였다.

"저는 나중에 과학자나 수학자가 되는 게 꿈이에요. 다른 건 잘 못하지만 계산은 자신 있으니, 그건 제게 맡겨주세요. 열심히 하겠습니다."

꾸벅 인사하는 현수를 향해 아이들이 박수를 쳤다.

"자, 오늘은 처음 만난 날이니까 여기서 그만 끝내자. 다음 시간부턴 본격적으로 대회 준비에 들어갈 거야. 그럼, 모두들 안녕."

선생님 말이 끝나자 윤지는 주섬주섬 가방을 챙겨 강의실을 빠져나왔다.

"윤지야!"

버스정류장에서 버스를 기다리던 윤지는 누군가가 갑작스레 자신을 부르는 소리에 깜짝 놀랐다. 길거리에서 이렇게 큰 소리로 자신의 이름이 불리는 건 윤지가 가장 싫어하는 일이었다.

윤지는 짜증스러운 표정으로 고개를 돌렸다. 지오가 손을 흔들고 있었다.

"난 저기 반대편에서 버스 타. 잘 가!"

지오는 환한 웃음을 지어 보이고는 횡단보도를 향해 폴짝폴짝 뛰어갔다.

'쟤는 대체 뭐가 저리 즐거운 거야?'

윤지는 고개를 갸웃거리며 지오의 뒷모습을 쳐다봤다.

"윤지야, 어땠어?"

현관문을 열고 집에 들어오니 엄마가 반가운 표정으로 물었다.

"그냥 그랬어요."

"처음 만나는 선생님이랑 친구들은 어땠어? 앞으로 재미있을 거 같아?"

엄마는 윤지 방으로 따라 들어오며 계속 물었다.

"모르겠어요."

윤지는 가방을 내려놓으며 심드렁하게 말했다.

"이제 새로운 친구들도 만났으니까 예전처럼 네 또래 아이들이랑 잘 어울리면 좋을 텐데…."

"엄마, 그만 좀…."

윤지가 인상을 찌푸리며 엄마를 봤다. 그제야 엄마는 알았다는 듯 고개를 끄덕이고 이내 방을 나갔다. 윤지는 가방에서 책을 꺼내

신경질적으로 책상 위로 던졌다.

"정말 짜증 나."

윤지는 한숨을 크게 쉬고 나서 책상 앞에 앉아 책을 펼쳤다. 그러고는 오랜 시간 동안 묵묵히 책 속 이야기에 빠져들었다.

일주일에 한 명 친구 사귀기

"윤지야, 같이 가."

학교 가는 길, 등 뒤에서 누군가가 윤지의 이름을 불렀다. 윤지는 고개를 휙 돌렸다. 학교에서 같은 모둠에 속한 혜림이었다. 윤지는 혜림이의 얼굴을 노려봤다.

"왜 그래?"

"길에서 이름 좀 안 부르면 안 돼?"

"아, 너 그거 싫어하지? 미안. 깜박했어."

혜림이는 겸연쩍은 듯 빨개진 얼굴로 웃었다.

"윤지야, 우리 모둠 숙제 있잖아. 언제 할래?"

"다 해놨어."

혜림이가 깜짝 놀란 표정으로 윤지를 쳐다봤다.

"그거 같이해야 하잖아."

"내가 알아서 다 했어. 그리고 나 과학센터 가야 해서 같이할 시간도 없어."

"같이하면 더 좋을 텐데…."

혜림이가 아쉬운 듯 말끝을 흐렸다.

그날 오후, 수업을 마치고 집에 가니 윤지의 동생 윤서가 말끔하게 차려입고 거실을 뛰어다니고 있었다.

"우리 모두 언니를 기다렸어."

"날? 왜?"

그때 아빠가 외출복 차림으로 안방에서 나오며 말했다.

"윤지야, 오늘 할아버지 뵈러 갈 거야. 너도 같이 가야지."

윤지는 방으로 들어가서 가방을 내려놓고 다시 나왔다. 썩 내키진 않았지만, 적당한 핑계거리를 찾을 수 없었다.

일 년쯤 전, 할아버지는 건강이 급격히 나빠졌고 결국 요양원으로 거처를 옮겼다. 늙고 몸이 약해지면 요양원으로 가고 싶다는 말

을 자주 하던 할아버지는, 나이가 들고 병원에 가는 횟수가 잦아지면서 차근차근 요양원으로 갈 준비를 했다. 엄마와 아빠는 끝까지 반대했지만 할아버지 고집을 꺾을 수는 없었다.

갓난아기 시절부터 윤지는 할아버지와 함께 살았다. 윤지는 어릴 때부터 할아버지를 참 좋아했다. 할아버지는 뛰어난 발명가였고, 우리나라에서 세 손가락 안에 꼽히는 장난감 회사의 사장님이었다. 그런 할아버지 덕분에 윤지는 새로 나온 장난감은 모두 가질 수 있었다. 또 할아버지가 발명한, 세상에 하나뿐인 아주 특별한 장난감도 가지고 놀 수 있었다. 늘 뜻밖의 놀라운 선물을 안겨줬던 할아버지는 윤지에게 산타할아버지기도 했고, 동화 속에 나오는 마술사기도 했다.

"언니, 할아버지 집에 다 왔어!"

휴대전화를 들여다보던 윤지는 윤서의 말에 고개를 들었다. 차창 밖으로 하얀 요양원 건물이 눈에 들어왔다.

"여긴 할아버지 집이 아니고…."

윤서의 말을 고쳐주려던 윤지는 말끝을 흐렸다. 요양원이 어떤 곳이고 할아버지가 왜 여기에 계신 건지, 여섯 살짜리 윤서에게 설명하기란 쉽지 않은 일이었다. 다행히 윤서는 더 이상 캐묻지 않았고 차창 밖을 물끄러미 내다봤다.

엄마와 아빠가 할아버지를 모시러 간 동안 윤지와 윤서는 로비에서 기다리기로 했다. 윤지는 소파에 앉아 휴대전화를 만지작거렸고, 윤서는 넓은 대리석 바닥 위를 뛰어다녔다.

"야, 조윤서! 시끄러워!"

윤지가 윤서를 향해 버럭 화를 내는데, 엘리베이터 문이 열리며 할아버지가 엄마, 아빠와 함께 모습을 드러냈다.

"할아버지!"

윤서는 로비가 쩌렁쩌렁 울리도록 소리를 지르며 달려가 할아버지에게 안겼고, 윤지는 소파에서 일어나 꾸벅 인사를 했다.

"허허. 윤지랑 윤서, 그동안 잘 지냈지?"

"할아버지, 보고 싶었어요!"

윤서는 할아버지 손을 잡고 흔들며 애교 섞인 목소리로 말했다.

"할아버지도 윤서가 많이 보고 싶었어. 우리 윤지도…."

할아버지가 윤지의 눈을 바라봤지만, 윤지는 얼른 할아버지의 시선을 피하며 딴청을 피웠다.

"넌 왜 안 나갔니?"

요양원과 가까운 음식점에서 식사를 마친 후, 엄마와 아빠는 야외 파라솔 의자에 앉아 차를 마시고 윤서는 잔디밭에 앉아 있었다. 할아버지는 유리창 밖으로 가족들을 내다보며 윤지에게 물었다.

"그냥요."

윤지는 휴대전화를 내려다보며 건성으로 대답했다.

"로봇 경진대회에 참가한다면서? 손에 꼽힐 정도로 뛰어난 아이들만 참가하는 거라고 아빠가 자랑하던데?"

"상을 받아야 좋은 거죠."

"상을 받으면 어떤 점이 좋은 거야?"

"과학기술부장관상이니까… 1등을 하면 세계 대회에도 나갈 수 있고, 나중에 입학사정관 제도로 대학교에 갈 때도 도움이 될 수 있고…."

"우리 윤지, 정말 대단하구나?"

할아버지는 환하게 웃으며 엄지손가락을 들었다.

"상 못 받으면 아무 소용없는데요, 뭐."

윤지는 웃음기 없는 얼굴로 휴대전화만 만지작거렸다.

"상을 받으려면 할 일이 많겠구나. 공부도 열심히 해야 할 테고, 좋은 팀워크도 갖춰야 할 테고…."

윤지는 고개를 끄덕였다.

"그래, 좋은 친구는 만났니?"

"글쎄요."

"난 네 나이 때 온종일 친구들과 어울려 다녔단다."

"…. 할아버지도 아시잖아요. 제가 어째서 이러는지…."

윤지는 말을 채 끝내지 못하고 고개를 떨궜다. 할아버지가 윤지의 어깨를 토닥였다. 말랐지만 따뜻한 손이었다.

언젠가부터 아이들 사이에서 윤지는 '까칠한 애', '재수 없는 애'라 불렸다. 그렇지만 처음부터 그랬던 건 아니었다. 윤지에게도 친구가 많았던 적이 있었다. 원래 윤지는 성격이 밝고 똑똑해서 친구들에게 인기가 좋았다. 그리고 그때는 단짝 친구인 예빈이도 있었다.

윤지가 달라진 건 4학년 때부터였다. 새 학년이 시작되고 며칠이 지나 회장 선거가 있었다. 이 선거를 통해 윤지는 회장이 되었는데, 며칠 뒤부터 윤지에 대한 이상한 소문이 돌기 시작했다. 값비싼 과외를 받아 늘 전 과목 100점을 받는다거나, 착한 척하면서 공부 못하는 아이들을 은근히 무시한다는 등의 소문이었다.

물론, 이 모든 소문은 사실이 아니었다. 어쩌다 보니 오해를 받게 된 것이기 때문에 윤지는 꿋꿋이 잘 견디고 생활하다 보면 오해와 소문이 금방 가라앉을 줄 알았다.

그렇지만 생각과는 달리, 소문은 꼬리에 꼬리를 물고 점점 더 커져가기만 했다. 아이들은 대놓고 윤지를 따돌리기 시작했다. 그래도 윤지가 견딜 수 있던 건 단짝인 예빈이 덕분이었다. 예빈이는 어떤 상황에서도 윤지의 진심을 알아줬고, 계속 곁에 있어줬으니까….

그러던 어느 날, 체육시간이었다. 피구를 하기 위해 운동장에 모인 아이들이 팀을 짜고 있었다. 윤지는 예빈이와 같은 팀이 되지 못해 아쉬워하며 선 안으로 들어갔다.

잠시 후, 피구가 시작되었고 윤지는 아이들 틈에서 공을 피하기 위해 열심히 뛰어다녔다. 한 명씩 공에 맞아 선 밖으로 나가고, 결국 선 안쪽에는 윤지 혼자만 남았다. 선 밖에 서 있던 아이들은 윤지를 노려보거나 "잘됐다!"고 낮게 소리치며 비웃었다. 아이들의 그런 잔인한 시선과 말이 온통 자기에게 꽂히자 윤지는 순간 오싹함을 느꼈다.

그때부터 윤지는 이를 악물고는 날아오는 공을 끝까지 쳐다보면서 이리저리 피해다녔다. 그 공을 맞으면 왠지 아이들에게 영영 지는 거라는 생각이 들었다.

그러다 공이 예빈이 손으로 넘어갔다. 윤지는 그제야 자리에 멈춰선 채 가쁜 숨을 몰아쉬었다.

"뭐해? 어서 던져!"

"세게 던져, 세게!"

예빈이 옆에 서 있던 아이들이 예빈이에게 소리를 질렀다. 그때였다. 갑자기 예빈이가 무언가를 결심한 듯한 표정을 짓더니 윤지를 향해 있는 힘껏 공을 던졌다.

충분히 피할 수 있는 공이었다. 그렇지만 윤지는 그 자리에서 조금도 움직일 수 없었다. 예빈이의 그런 차가운 표정은 처음이었다. 결국 공은 윤지의 어깨를 맞고 힘없이 바닥으로 떨어졌다.

"와아! 이겼다."

윤지는 아이들이 환호성을 지르는 틈에 슬며시 운동장을 빠져나와 화장실로 갔다. 그리고 손을 씻고 세수를 하면서 곰곰이 생각했다.

'시합이니까 예빈이도 어쩔 수 없었을 거야. 아무리 친한 친구라 해도 상대 팀을 봐준다는 건 말이 안 되지.'

교실로 들어가자 아이들이 윤지 뒤에서 수군거렸다.

"아까 봤냐? 안 지려고 이 악무는 거?"

"진짜 재수 없다니까…."

윤지는 작지만 똑똑히 들리는 말들을 애써 무시하며 예빈이 곁으로 다가갔다. 딱히 할 말이 있지는 않았다. 그렇지만 무슨 말이라도 해야 예빈이와 어색하지 않을 것 같았다.

"예빈아, 우리 수업 끝나고 나서…."

"윤지야, 나 오늘 학원 보충수업 있어."

예빈이는 윤지의 얼굴을 보지 않은 채 서랍 속에서 분주히 책을 꺼내며 말했다.

"그래? 그럼 할 수 없지."

그날 이후, 윤지는 예빈이와 단둘이 이야기를 나눈 적이 없었다. 예빈이는 다른 아이들처럼 윤지를 보며 수군대거나 대놓고 흉을 보지는 않았다. 그렇다고 아이들이 윤지에 대해 이야기할 때 예전처럼 윤지의 편을 들어준 것도 아니었다. 그렇게 어색한 사이로 며칠을 보낸 뒤, 윤지는 예빈이에게 문자메시지 한 통을 받았다.

윤지야, 사실 나 요즘 좀 힘들어. 애들이 계속 너랑 어울리면 나까지 함께 따돌리겠다고 말하더라. 난 내가 어떻게 해야 할지 정말 모르겠어. 그냥 네가 아이들한테 소문이 사실이 아니라고 확실히 말하고, 한번 미안하다고 말하면 안 될까?

윤지의 마음속에서 커다란 돌덩이 하나가 쿵 내려앉는 것 같았다. 다른 친구들이라면 몰라도 예빈이만큼은 다를 줄 알았다. 다들 윤지를 따돌리고 윤지에게 무서운 말과 행동을 하더라도 예빈이만은 옆자리를 꿋꿋이 지켜줄 줄 알았다. 며칠 동안 어색하게 지내기는 했지만 금세 예전처럼 사이가 좋아질 것이라 생각했다.

그날 저녁, 윤지는 하염없이 눈물을 흘렸다.

"이제 난 친구 같은 거 안 사귈 거야. 다 필요 없어. 다 필요 없다고!"

그 후 윤지는 정말로 친구들과 어울리지 않았다. 새 학년이 되고 학원이 바뀔 때마다 새로운 친구들이 윤지와 가깝게 지내고 싶어 했지만, 윤지는 늘 그런 아이들을 피하고 멀리했다. 그리고 오로지 뛰어난 과학자가 되기 위해 공부에만 매달렸다.

'친구 따위 필요 없어. 친구보단 내 공부, 내 미래가 더 중요해.

난 무슨 일이 있어도 성공한 사람이 되고 말 거야. 그래서 그때 날 힘들게 했던 아이들을 후회하게 만들 거야.'

공부가 힘이 들거나, 외롭다는 생각이 들 때마다 윤지는 이렇게 다짐하며 이를 악물었다.

"시간이 많이 흘렀잖아. 이제 새로운 친구를 사귀는 것도 괜찮을 거 같은데 말이다."

"할아버지, 전 친구나 우정 같은 거 안 믿어요."

"네 마음은 충분히 이해한다. 그렇지만 말야, 친구한테 받은 상처는 또 다른 친구를 만나면서 치유되기도 한단다."

윤지는 고개를 절레절레 저었다.

"그런 얘기는 엄마, 아빠, 선생님한테 귀에 못이 박히도록 들었어요."

그때 할아버지가 안주머니에서 종이뭉치를 꺼내 윤지 앞에 내려놓았다. 윤지는 고개를 갸웃거리며 종이를 펼쳤다. 그리고 잠시 후, 윤지는 저도 모르게 "아, 이건!" 하고 탄성을 내질렀다.

할아버지가 건네준 종이에는 기본 회로도, 각종 부속품들을 비교한 자료, 다양한 기능을 가진 로봇을 볼 수 있는 사이트 주소 등

로봇을 만드는 데 꼭 필요한 정보들이 빼곡히 적혀 있었다. 윤지는 휘둥그레진 눈으로 할아버지를 쳐다봤다.

"어떠냐?"

"엄청나요. 이걸 다 어떻게 그리고 모으셨어요?"

"할아비도 멋진 로봇을 꼭 만들어보고 싶었거든. 오래전 일이지만 말야."

할아버지가 말하는 동안에도 윤지는 여전히 종이에서 눈을 떼지 못했다. 그때 할아버지가 윤지가 들고 있던 종이를 슬그머니 도로 가져갔다.

"저 주시는 거 아니었어요?"

"허허, 이걸 그냥 줄 순 없지."

할아버지는 주머니를 뒤적이더니 작은 수첩과 펜을 꺼내 윤지에게 건네줬다.

"지금 거기에 생각나는 친구 스무 명의 이름을 적어보렴. 시간은 2분을 주마."

할아버지는 손목시계를 꺼내들고 유쾌하지만 단호하게 말했다.

"네? 2분 동안 스무 명을요?"

윤지는 눈을 동그랗게 뜨고 할아버지 얼굴을 봤다. 할아버지는

손목시계를 보며 말했다.

"벌써 5초가 지났어."

윤지는 얼른 고개를 숙이고 떠오르는 이름들을 하나씩 적어나갔다. 과학센터에서 만난 아이들, 그리고 학교 친구들. 그런데 열두 명까지 적고 나니 더 이상 떠오르는 이름이 없었다.

"1분 40초 지났네. 이제 20초밖에 남지 않았어."

윤지는 가슴이 쿵쾅거렸고 머릿속은 점점 하얘졌다.

"그만!"

할아버지는 윤지 손에서 빼앗듯이 수첩을 가져갔다.

"열네 명? 이게 전부니?"

윤지는 고개를 끄덕였다. 할아버지는 진지한 표정으로 윤지가 적어놓은 이름을 훑어봤다. 윤지는 길게 한숨을 쉬며 고개를 떨궜다.

"어허, 우리 똑똑하고 당찬 손녀가 그런 얼굴을 하면 되겠어? 좋아. 한 번 더 기회를 주마."

"어떤 기회요?"

"잘 들어보렴."

윤지는 침을 꼴깍 삼키며 할아버지의 반짝이는 눈을 쳐다봤다.

"지금 네가 적은 이름의 아이 중에서 내 마음대로 네 명을 고를 거야. 그리고 일주일에 한 명씩 종이에 그 아이 이름을 써서 너한테 보낼 거란다. 그러면 넌 그 아이와 일주일 안에 친구가 되는 거다."

"네?"

윤지의 얼굴이 당혹감으로 일그러졌다.

"일주일에 한 명씩 친구를 만든 과정을 나한테 편지로 써서 보내거나, 아빠와 여기에 올 때 가지고 오면 돼. 만약 네가 그 아이들을 친구로 만드는 데 성공하면 내가 로봇 자료를 주마. 딱 한 달만 하면 되는 거야. 알았니?"

"할아버지, 그건 너무 어려워요."

윤지는 자신 없는 목소리로 중얼거렸다.

"아직 해보지도 않았잖니?"

할아버지는 곧 자리에서 일어나 밖으로 나갔고, 윤지는 턱을 괴고 앉아 미션에 대해 곰곰이 생각했다. 제멋대로 엉켜버린 생각들로 머릿속은 복잡하기만 했다.

아이스크림 데이트

며칠 뒤, 학교 수업을 마치고 윤지는 과학센터로 향했다. 강의실 문을 열고 들어서니 반가운 얼굴로 지오가 손을 흔들었다. 윤지는 그런 지오와 눈도 마주치지 않고 곧장 빈자리로 가서 앉았다. 그러자 지오는 이내 머쓱한 표정을 지으며 슬그머니 손을 내렸다.

"난 회로도 그리는 건 정말 자신 없어. 아마 내가 그린 회로도대로 만들면, 로봇이 앞으로 가지도 못하고 제자리에서만 춤추고 있을 거야."

"난 미적 감각이 완전히 빵점이야. 근데 넌 디자인을 잘한다며?"

지오는 남자아이 한 명과 하하호호 웃으며 수다를 떨고 있었다.

윤지는 그런 지오를 흘낏 쳐다보고는 말없이 과학 서적을 펼쳤다. 그리고 조금 지나서였다.

"윤지야, 뭐해?"

어느새 지오가 등 뒤에 와 있었다. 윤지는 아무 대꾸 없이 다시 고개를 돌려 책에 눈길을 고정시켰다.

"우와! 윤지야, 이런 책을 다 읽어?"

지오는 윤지가 읽고 있는 책을 손가락으로 가리키며 호들갑스럽게 말했다. 순간 윤지는 눈을 질끈 감았다. 마음 깊은 곳에서 짜증이 슬슬 올라왔다.

"세상에, 처음부터 끝까지 다 영어네."

윤지는 책을 탁 덮으며 말했다.

"미안한데, 좀 조용히 해주면 안 될까? 시끄러워서 도무지 책을 읽을 수 없잖아."

"이거 지금 빨리 읽어야 하는 거야? 숙제?"

"숙제든 아니든 그게 무슨 상관이야? 난 지금 이 책을 읽고 싶단 말야. 그러니까 그만 좀 떠들어줘. 그리고…."

지오가 눈을 동그랗게 뜨고 윤지를 봤다.

"나한테 무슨 관심이 그리 많니? 난 그런 관심 부담스러워."

윤지는 다시 책을 펼쳤다.

"치, 말도 못 하니? 우린 같은 반 친군데…"

혼잣말하듯 작은 목소리로 중얼거리며 지오가 자기 자리로 돌아갔다. 그 순간 윤지는 차갑고 단단했던 마음이 살짝 흔들렸다.

'친구?'

윤지는 슬쩍 고개를 돌려 지오를 봤다. 지오는 언제 윤지에게 면박을 당했냐는 듯 다른 아이와 소곤소곤 이야기를 나누고 있었다. 그때 강의실 문이 열리며 선생님이 들어왔다.

"이야, 이렇게 시간 약속을 잘 지켜주니 참 좋다. 다들 반가워. 그동안 잘 지냈지?"

윤지가 책을 덮는 사이, 선생님이 말을 이었다.

"오늘은 선생님과 면담을 나누는 시간을 갖자. 한 친구와 얘기를 나누는 동안 다른 친구들은 각자 할 일을 하면 돼. 알았지?"

선생님은 지난번 아이들이 써낸 종이를 뒤적이기 시작했다.

"자, 누구와 먼저 얘기를 나눠볼까? 그래, 신도훈! 도훈이가 먼저 하자."

번쩍이는 은테 안경을 쓴 도훈이가 뚜벅뚜벅 앞으로 걸어나갔다. 도훈이란 애는 얼핏 보기에도 꽤나 까칠해 보이는 인상이었다.

그사이 윤지는 다시 책을 펼쳐 읽기 시작했다. 지오는 여전히 옆자리에 앉은 아이와 소곤거리며 이야기를 하고 있었다.

이윽고 도훈이와 면담을 마친 선생님이 윤지의 이름을 불렀다. 선생님은 윤지의 과학경시대회 기록과 담임선생님의 추천서, 윤지가 직접 쓴 자기소개서를 펼쳐놓고서 이야기를 시작했다.

"윤지는 과학 말고 다른 과목 성적도 좋네. 그런데 체육 과목을 싫어한다고? 운동을 싫어하니?"

"그건 아니에요."

"그래? 그럼 체육 시간을 싫어하는 특별한 이유라도 있니?"

4학년 때 피구 사건 이후, 윤지는 체육시간만 되면 도망을 가고 싶은 심정이었던 것이다. 그렇지만 그 얘기를 지금 이 자리에서 할 순 없었다. 윤지는 책상만 내려다봤다.

"얘기하기 싫은 모양이구나. 흠, 그럴 수도 있지. 아참, 현수랑은 같은 학교던데… 몰랐던 거야? 아니면 사이가 안 좋은 거야?"

"몰랐어요."

"4학년 때 같은 반이었다고 그러던데?"

윤지는 입술을 살짝 깨물었다.

"몰랐어요. 제가 사람을 잘 기억하지 못하나봐요."

"그래도 1년 동안 같은 반이었는데…."

윤지는 아무 대답을 못했다. 선생님은 펜으로 책상을 콕 찍더니 화제를 돌렸다.

"여튼 좋아. 윤지는 어떤 로봇을 만들고 싶어?"

"놀아주는 로봇이요."

"놀아주는 로봇이라. 그게 뭐니?"

"함께 텔레비전도 보고, 이야기도 하고, 내가 어떤 고민이 있을 때 털어놓으면 해답을 주거나 위로해주는 로봇이요. 예전에 로봇 전시회에서 말하는 로봇은 보긴 했는데요. 다들 뜬구름 잡는 얘기만 하고, 어떤 로봇은 아예 상대방의 말을 이해하지 못하더라고요. 저는 정말 뛰어난 인공지능을 이용해 상대방의 말투, 목소리의 떨림, 눈빛의 흔들림까지 완벽하게 이해하는 로봇을 만들고 싶어요. 진짜 사람처럼 이야기를 나눌 수 있는 로봇이요."

윤지의 말을 들은 선생님은 한동안 생각에 잠겼다. 그러고는 천천히 말했다.

"그런 건 로봇이 아니라 친구랑 해야 하는 거 아니니?"

"친구가 늘 같이 있어주는 건 아니잖아요. 어차피 로봇을 만들 거라면 사람을 대체할 수 있을 정도로 완벽한 로봇을 만들어야 한

친구로봇 NO.3274
감각센서
ON OFF
음성 인식
ON OFF
추억데이터
베터리 잔량

다고 생각해요."

윤지가 또랑또랑하게 말하자, 선생님이 환하게 웃었다.

"좋아. 그런 의지라면, 꼭 만들 수 있을 거라 생각해. 물론 이번 대회에 놀아주는 로봇을 만들 수 있을지는, 친구들이랑 이야기를 좀 더 해봐야겠지만 말야."

선생님과의 이야기가 끝나고 윤지는 다시 자리로 돌아와 책을 펼쳤다. 선생님이 그런 윤지의 모습을 물끄러미 봤다.

요양원에 다녀온 후 며칠이 지났다. 수업을 마치고 집에 돌아오니 엄마가 작은 상자 하나를 건네줬다. 할아버지가 보낸 것이었다.

윤지는 곧바로 방으로 들어가 상자를 열어봤다. 그 안에는 종이로 접은 오리 한 마리가 들어 있었다. 윤지는 조심스레 접힌 종이를 펼쳤다.

친구란 두 몸에 깃든 하나의 영혼이다.

아리스토텔레스

펼친 종이엔 이 글귀와 함께 지오의 이름이 적혀 있었다. 윤지는 안도의 한숨을 쉬었다. 지오라면 워낙 명랑하고 활발한 아이라 쉽게 다가갈 수 있을 것 같았다.

다음 날, 과학센터에 간 윤지는 강의실 문을 열자마자 눈으로 지오의 자리를 찾았다. 지오는 일찌감치 도착해 여느 때와 마찬가지로 옆에 앉은 아이와 이야기를 나누고 있었다. 윤지는 잠깐 망설이다가 지오의 곁으로 다가갔다. 지오가 멀뚱한 얼굴로 윤지를 올려다봤다.

"안녕?"

윤지는 짧고 어색하게 인사를 건넸다.

"응."

지오도 뭔가 이상했는지, 고개를 살짝 갸웃거리더니 더 이상 말이 없었다.

"저기, 오늘 수업 끝나고 바로 집으로 갈 거야?"

"어? 어…."

"혹시 다른 할 일 없으면 우리 아이스크림 먹으러 갈래?"

지오가 눈을 동그랗게 떴다.

"나랑?"

윤지는 고개를 끄덕였다. 갑자기 얼굴이 빨갛게 달아올랐다.

"어, 그래."

놀란 것인지, 기분이 별로 좋지 않은 것인지 알 수 없는 얼굴로 지오가 고개를 끄덕였다. 자리로 돌아와 앉아 책을 펼칠 때까지 윤지의 얼굴은 계속 빨개져 있었다. 미션 때문이기는 했지만 2년 만에 처음으로 친구에게 먼저 손을 내민 것이었다.

잠시 후, 선생님이 강의실로 들어오며 큰 소리로 인사를 건넸다.

"얘들아, 안녕? 그동안 잘 지냈지?"

"네!"

"자, 우리가 오늘 할 일은 이걸 보는 거야."

선생님은 DVD 여러 장을 흔들며 말했다.

"이건 다양한 로봇에 대한 영상 자료들이야. 함께 보고 나서 얘기를 나눠보자꾸나. 설계부터 시연까지 전 과정이 담겨 있으니 주의 깊게 보렴."

선생님은 곧바로 DVD 한 장을 DVD플레이어에 넣었다. 곧 대형 화면에서 내레이션과 함께 로봇을 소개하는 동영상이 나왔다. 그렇게 세 편의 동영상을 보고 나니 시간이 훌쩍 흘렀다.

"자, 오늘은 수업 시간이 다 돼서 여기까지만 봐야겠네. 다들 어땠어? 흥미진진하지?"

"네!"

지오와 현수를 포함한 서너 명의 아이들이 큰 소리로 대답했다.

"그럼 나머진 다음 시간에 보자. 오늘은 이만 수업 끝!"

선생님이 책과 DVD를 주섬주섬 챙겨서 강의실을 나가고 아이들도 하나둘 가방을 싼 뒤 강의실을 빠져나갔다.

윤지는 강의실 문 앞에 서 있었다. 잠시 후, 지오가 강의실을 나왔다.

"윤지야, 얼른 가자."

지오가 윤지의 팔을 슬쩍 잡으며 말했다.

"어후, 이 길은 너무 경사가 심하다니까."

지오는 과학센터 앞 언덕길을 마치 춤을 추듯 팔랑거리며 뛰어 내려갔다.

"이렇게 내려가면 덜 힘들더라구. 너도 해봐."

윤지는 고개를 절레절레 저었다.

"그런데, 웬일이야? 네가 다 아이스크림을 먹자 하고?"

지오가 걸음을 멈추고 윤지를 쳐다보며 물었다. 윤지는 대답하지 못하고 우물쭈물했다.

“크크크, 그런 네 표정 처음 봐. 그러니까 엄청 귀여워.”

“뭐? 귀여워?”

윤지가 깜짝 놀라 물었다. 귀엽다는 말은 친구는 물론이고 부모님에게도 들어본 적 없는 말이었다.

5분쯤 걸어 내려가니 아이스크림 전문점이 나왔다. 윤지가 문을 열고 들어가려 하자 지오가 윤지의 팔을 잡았다.

“여긴 비싸. 저기 가면 슈퍼마켓 있거든. 거기에서 아이스크림 사서 바로 옆에 있는 공원 가서 먹자.”

윤지와 지오는 슈퍼마켓에서 아이스크림을 산 뒤, 공원 벤치에 나란히 앉았다.

"내 말이 맞지? 답답하게 가게 안에서 먹는 것보다 여기에서 먹는 게 훨씬 좋다니까."

지오가 아이스크림을 크게 베어물며 말했다.

"그나저나 얼른 말해봐. 오늘 아이스크림 먹자고 한 이유가 뭐야?"

"이유? 특별한 이유는 없어. 그냥…."

"그냥? 진짜 그냥?"

윤지는 고개를 끄덕였다.

"그랬구나."

지오도 윤지를 따라 고개를 끄덕이며 아이스크림을 먹었다. 그렇게 한참 둘 사이엔 어색한 침묵이 흘렀다.

"저기, 나 궁금한 게 있었는데…."

윤지의 말에 지오가 눈을 동그랗게 떴다.

"넌 항상 기분이 좋아?"

"아하하하! 항상 기분이 좋은 사람이 어디 있어?"

지오가 큰 소리로 웃으며 말했다.

"넌 그렇게 보여."

"에이, 나도 선생님이나 부모님께 혼이 날 때도 있고, 친구들이랑 사이가 별로 안 좋을 때도 있어. 그럴 땐 기분이 안 좋지."

윤지는 고개를 끄덕였다.

"하지만 그런 건 금방 잊어버려야 해. 어른들께 혼나기 전이나, 친구들과 다투기 전으로 얼른 돌아가는 거지."

"그게 가능해?"

윤지가 인상을 찌푸리며 물었다.

"난 기분이 안 좋아지려 하면 흡, 하고 크게 심호흡을 하면서 한 20초 정도 마음을 가라앉히거든. 그럼 도움이 좀 되더라."

"신기하다."

"솔직히 말하면 너 때문에 심호흡한 적도 몇 번 있었어."

윤지의 얼굴이 또 빨갛게 달아올랐다.

"괜찮아. 이젠 이렇게 아이스크림도 같이 먹을 수 있는 사이가 되었잖아. 크큭."

윤지는 지오의 얼굴을 빤히 쳐다봤다.

"뭘 그렇게 뚫어져라 쳐다보니? 부끄럽게…."

지오는 생글생글 웃으며 아이스크림을 다 먹고 남은 막대를 쪽쪽 빨았다.

"아참, 내 전화번호 모르지?"

지오가 휴대전화를 꺼내며 물었다. 윤지는 고개를 끄덕였다.

"네 번호 알려줘봐."

윤지가 번호를 알려주자 지오가 윤지의 휴대전화로 전화를 걸었다.

"그게 내 번호야. 서로 저장해두자. 혹시 별명 같은 거 없어?"

지오의 질문에 윤지는 고개를 절레절레 저었다.

"그래? 그럼 내가 하나 지어주지."

지오는 이름 입력 칸에 '시크걸 윤지'라고 써넣었다. 그걸 보던 윤지도 빙긋이 웃으며 지오의 이름을 입력했다. 그때였다.

"어? 그거 내 이름 아닌데."

지오가 윤지의 휴대전화를 보다가 소리쳤다. 휴대전화에는 '이지호' 라고 입력되어 있었다.

"내 이름은 이지오야. 이! 지! 오! 처음 자기소개할 때 손가락 쫙 펴고 '다섯 오입니다' 라고 말했잖아."

윤지는 허둥지둥 이름을 지우고 다시 썼다. 그런데 옆에서 깊게 숨을 들이쉬는 소리가 들렸다. 분명히 심호흡을 하고 있는 것이었다. 윤지는 고개를 돌려 지오의 눈치를 살폈다.

"하하, 나도 너처럼 한 번만 들어도 금방 알 수 있는 이름이면 좋을 텐데. 내 이름은 한 번에 알아듣는 사람이 별로 없다니까."

윤지는 생글생글 웃는 지오의 얼굴을 물끄러미 바라봤다.

'이름도 제대로 모르고… 내가 지오였다면 저렇게 웃을 수 있을까?'

"뭘 또 그렇게 쳐다보니? 자꾸 부끄럽게…."

지오가 두 손으로 얼굴을 가렸다. 그 모습에 윤지는 저도 모르게 웃음이 났다.

그때 지오가 휴대전화를 켜서 시간을 확인하더니 가방을 챙겨 들며 말했다.

"벌써 여섯 시야."

"벌써?"

몇 마디 나누지도 않은 것 같은데 시간이 훌쩍 지나 있었다. 윤지와 지오는 서둘러 버스정류장으로 향했다.

"잘 가! 다음 주에 만나자!"

지오는 손을 흔들며 횡단보도를 뛰어갔다. 언제나처럼 경쾌한 모습이었다.

버스를 타고 집으로 오는 길, 윤지의 휴대전화에서 알림음이 울렸다.

윤지야, 오늘 고맙고 정말 재밌었어.

다음에는 내가 맛난 떡볶이 쏠게!

지오의 문자메시지였다. 윤지의 입꼬리가 저도 모르게 올라갔다.

"자, 오늘은 자리를 바꿀 거야. 어떻게 바꾸는 게 좋을까?"

다음 날 아침, 선생님이 말했다. 좋아하는 친구들끼리 앉았으면 좋겠다는 아이들도 있었고 제비뽑기를 해서 자리를 바꾸자는 아이들도 있었다.

선생님은 뭔가 생각이 났다는 듯 컴퓨터 앞으로 자리를 옮겼다. 그리고 바탕화면에 있던 아이콘 하나를 눌렀다. 반 아이들 사진이 빠른 속도로 돌아가다 마우스로 클릭하는 순간 그중 하나가 딱 멈추는 프로그램이었다. 가끔 발표자를 뽑을 때 사용하기는 했지만 아이들이 워낙 시끄럽게 굴어 자주 사용하지는 않았었다.

"우리 반에 남자 친구들이 두 명 더 많으니까, 남자 친구들이 클릭해서 짝을 정하기로 하자."

선생님 말이 끝나자마자 남자아이들이 우르르 앞으로 나갔다. 그리고 한 명씩 마우스로 클릭하여 짝을 정했다. 한 명씩 정해질 때마다 아이들 입에선 웃음과 탄성이 터져나왔다.

이렇게 시끌벅적한 교실에서도 윤지는 고개를 숙이고 그저 책만 들여다보고 있었다.

"조윤지다!"

자신의 이름이 불리자 그제야 윤지는 고개를 들고 화면을 봤다. 화면 속에는 늘 그렇듯 무표정한 윤지의 사진이 멈춰져 있었다. 윤

지의 사진을 클릭한 아이는 회장인 재민이었다.

"그럼 재민이의 짝은 윤지로 정해진 거야."

재민이가 천장을 올려다보며 한숨을 길게 쉬었다. 재민이는 똑똑하고 리더십도 있어서 늘 회장, 부회장을 도맡아 하는 아이였지만 유난히 윤지에게는 퉁명스러웠다. 그 이유는 성적 때문이었다. 작년까지만 해도 재민이는 늘 1등만 했다. 그렇지만 올해 윤지와 처음 같은 반이 되고 난 뒤엔, 단 한 번도 1등을 해본 적이 없었다. 1등은 언제나 윤지의 차지였다.

짝이 모두 정해지자 아이들은 가방과 서랍 속의 책을 챙겨 들고선 여기저기 새 자리를 찾아 옮겨다녔다.

"짝도 자리도 다 바뀌었고 모둠도 바뀌었지? 그럼 이제 모둠장도 뽑아야 할 텐데… 모둠 친구들끼리 서로 의논해 한 명을 정하도록 해. 시간은 10분을 줄게."

새로 모둠이 된 아이들끼리 모둠장을 정하느라 다시 교실은 떠들썩해졌다. 윤지의 앞자리에 앉게 된 푸름이와 혁준이가 몸을 뒤로 돌렸다.

"우리는 누구로 할 거야?"

"재민이는 회장이니까 안 될 거고…. 푸름이 네가 할래?"

혁준이의 물음에 푸름이가 손사래를 쳤다.

"아니, 아니. 난 그런 거 잘 못하는 거 알잖아."

"그럼 조윤지가 하면 되겠네."

재민이가 무뚝뚝하게 말했다.

"나도 윤지가 좋을 것 같은데…."

이번엔 푸름이었다.

모둠장을 하는 건 여러 가지로 귀찮은 일이었다. 그렇지만 재민이도 푸름이도 혁준이도 평소엔 한마디도 하지 않은 아이들인데 그런 아이들에게 왜 모둠장을 하기 싫은지, 구구절절 설명하고 싶은 마음이 들지 않았다.

"아무 말 없는 걸 보니 그냥 정하면 되겠네. 우리 모둠장은 조윤지로 해."

재민이가 윤지를 흘낏 쳐다보며 말했다. 그렇게 윤지는 갑작스레 모둠장이 되었다.

과학 수업시간이 되자 윤지네 반 아이들은 모두 과학실로 향했다. 그리고 모둠끼리 실험 책상에 앉았다. 바뀐 모둠끼리는 처음인데다가 윤지도 재민이도 워낙 무뚝뚝한 성격이라 서로 어색하기만 했다.

"자, 그럼 모둠끼리 잘 의논해서 좋은 결과가 나오도록 해보자."

다른 모둠의 아이들은 실험을 하느라 떠들썩했지만, 윤지네 모둠은 조용하기만 했다. 어느 하나, 실험도구에 손을 대려 하지 않았다.

"여기는 왜 아무도 안 해? 모둠장이 누구지?"

선생님의 질문에 혁준이가 조용히 윤지를 가리켰다.

"윤지야, 얼른 시작해. 시간이 많지 않아."

윤지는 하는 수 없이 책을 보며 실험을 시작했다. 오늘 해야 할 실험은 용액분류실험이었다. 윤지는 선생님이 나눠준 스티커에 용액의 이름을 적어 시험관에 붙였다. 그리고 해당하는 용액을 시험관에 부으면서 다른 모둠은 어떻게 진행 중인가 슬쩍슬쩍 살펴봤다. 다른 모둠은 이미 리트머스 시험지에 용액을 떨어뜨리고 있었다.

"나 혼자 해? 너희들도 도와줘야 할 거 아냐?"

윤지가 아이들을 보며 신경질적으로 물었다.

"뭘 어떻게 도와줘야 할지 몰라서…."

푸름이가 머뭇거리며 말했다.

"후우, 정말…."

윤지는 용액을 붓다 말고 한숨을 쉬었다. 그러자 재민이가 리트머스 시험지를 가지고 가더니 한 장씩 뜯어서 귀찮다는 듯 아이들에게 나눠줬다. 혁준이는 옆에 있던 유리 막대로 책상을 콕콕 찍으며 장난을 치고 있었다.

결국 윤지네 모둠은 가장 꼴찌로 실험을 마쳤다. 늦어진 탓에 실험보고서는 과제로 정해졌다.

"너 혼자 실험했으니까 발표도 혼자 하면 되겠네."

재민이가 느릿느릿 책과 필통을 챙겨들며 말했고 혁준이는 수업이 끝나자마자 말도 없이 과학실 밖으로 뛰쳐나갔다.

"난 솔직히 이 실험이 뭔지도 잘 모르겠어."

그림도 잘 그리고 노래도 잘하지만 과학 성적은 별로 좋지 않은 푸름이가 잔뜩 주눅이 든 표정으로 말했다.

"됐어. 내가 하면 돼."

윤지는 우물쭈물하며 서 있는 푸름이에게 날카롭게 말했다. 그때였다.

"푸름아, 오늘 수업 끝나고 정보도서관 같이 가자. 재미있는 영화 상영해준대."

한 무리의 여자아이들이 푸름이를 둘러싸며 왁자지껄 떠들었다.

"아, 그래? 재미있겠다. 그런데 우리 모둠이 실험보고서를 아직 못해서…."

떠들썩한 아이들과는 달리 조용한 말투로 푸름이가 말했다.

"너랑 같이 가야 더 재미있단 말이야. 얼른 교실부터 가자."

무리 중 한 아이가 푸름이의 어깨를 감싸며 말했다.

"저기, 아무래도 난 도움이 못 될 것 같아. 미안해."

푸름이가 고개를 돌려 미안한 얼굴로 윤지에게 말했다. 윤지는 말없이 필기구들을 챙겨 자리에서 일어섰다.

수업을 마치고 집으로 가는 길, 윤지의 머릿속엔 온통 실험보고서 생각뿐이었다. 실험보고서를 잘 써서 내일까지 선생님께 드려야 수행평가 점수를 잘 받을 수 있을 것이고 그 점수는 윤지뿐 아니라 모둠 아이들 모두가 받는 점수가 될 것이었다.

'하여튼 다들 한심하다니까….'

모둠 아이들의 얼굴을 떠올리며 한숨을 쉬고 있을 때였다.

"저기, 윤지야."

조용한 목소리에 윤지는 뒤를 돌아봤다. 푸름이었다. 그 뒤에는 함께 정보도서관을 가자고 했던 아이들이 저희들끼리 얘기를 나누며 웃고 있었다.

"이거…."

푸름이가 윤지를 향해 무언가를 내밀었다. 윤지는 조심스럽게 받아들었다. 푸름이가 건넨 건 아몬드가 든 초콜릿이었다.

"이걸 왜 주는 거야?"

"그 과학 실험보고서, 너 혼자서 해야 하잖아."

"그런데?"

"원래는 같이해야 하는 건데 너 혼자 하고…. 너무 미안해서…."

"이런 거, 필요 없어."

윤지가 초콜릿을 다시 푸름이에게 내밀었다.

"아, 아니. 이거라도 꼭 주고 싶어. 친구들이 기다리고 있어서 이만 가볼게."

푸름이는 손사래를 치더니 아이들이 있는 곳으로 황급히 뛰어갔다. 혼자 남겨진 윤지는 그 자리에 멍하니 서서 푸름이의 뒷모습을 바라봤다.

사실 윤지는 모둠 과제를 다른 아이들과 함께해본 적이 거의 없었다. 오히려 혼자 하는 편이 마음이 편했다. 함께한다고 좋은 결과물이 나올 것 같지도 않았다. 그런데 모둠 과제를 함께하지 못한다고, 여태껏 저렇게 미안해하는 아이는 없었다.

윤지는 손 위에 놓인 초콜릿을 한참 내려다봤다. 방금 전까지만 해도 모둠 아이들 생각에 치밀어오르던 짜증이 어느새 많이 가라앉은 듯했다.

다음 날, 윤지는 수업을 마치고 과학센터로 향했다. 어제 실험 보고서를 쓰느라 잠을 늦게 잔 탓인지, 오늘은 언덕길을 오르는 게 유난히 더 힘들게 느껴졌다.

강의실 문을 열고 들어서니 지오가 윤지를 부르며 손을 크게 흔들었다. 윤지는 저도 모르게 손을 번쩍 들었다.

'어! 내가 지금 뭘 하는 거지?'

윤지는 번쩍 들려 있는 오른손을 쳐다보고는 깜짝 놀라 얼른 내렸다. 지오가 그런 윤지를 보며 배를 잡고 웃었다. 그사이 선생님이 강의실 문을 열고 들어왔다. 윤지는 얼른 자리를 찾아 앉았다.

"오늘은 지난 시간에 다 보지 못한 두 편의 동영상을 보고 난 뒤, 함께 이야기를 나누자꾸나."

선생님은 강의실 불을 끄고 DVD플레이어 재생 버튼을 눌렀다. 모두들 숨을 죽이고 대형 화면만 바라봤다. 로봇의 설계부터 만드는 과정, 로봇 전시회 풍경, 실제로 회사나 가정에서 사용되고 있는 로봇의 모습까지 상세하게 담은 동영상이었다.

두 편의 동영상을 모두 보고 난 뒤, 선생님은 강의실 불을 켜며 말했다.

"지금까지 본 다섯 편의 동영상에 나오는 로봇들은 지난번에 너희들이 만들고 싶다던 로봇들과 가장 비슷한 것들이야."

지오가 손을 들었다.

"선생님, 그런데 왜 다섯 편이에요? 우리는 모두 일곱 명이잖아요."

"아, 그건 말이지."

선생님이 아이들을 둘러보며 말을 이었다.

"자기가 만들고 싶었던 로봇의 동영상을 보지 못한 친구들도 있을 거야. 그렇지?"

선생님이 윤지의 얼굴을 쳐다봤다. 선생님 말처럼 윤지가 만들고 싶다고 했던 로봇의 동영상은 없었다. 동영상이 모두 다섯 편인 것으로 봐선, 윤지 말고도 자신이 희망하는 로봇의 영상을 보지 못한 아이가 한 명 더 있을 것이었다.

"음, 그 이유는… 그 로봇들이 아직 만들어지지 않았기 때문이란다."

"아직 만들어지지 않았으니, 지금이라도 우리가 만들어야 하는 거 아니에요?"

도훈이가 날카로운 목소리로 외쳤다. 아이들이 깜짝 놀라며 일제히 도훈이를 봤다. 선생님은 잠깐 생각을 하더니 도훈이를 향해 말했다.

"좋아. 도훈이 의견도 일리가 있어. 그럼 도훈이가 친구들에게 어떤 로봇을 만들고 싶은지 이야기를 한번 해볼까? 친구들이랑 함께 만들 테니까 말야."

도훈이는 내키지 않는 표정을 지으며 교탁으로 나갔다.

"제가 만들고 싶은 로봇은 다양한 기능을 가진 건데…."

여기까지 말한 도훈이는 한숨을 크게 내쉬고는 말을 계속 이었다.

"청소나 요리 같은 집안일을 거뜬하게 해내는 건 물론, 교육이나 간병까지도 해낼 수 있는 로봇입니다."

아이들은 고개를 갸웃거렸다.

"그런 로봇이라면 지금도 많이 있잖아."

준범이가 연필을 뱅뱅 돌리며 혼잣말처럼 중얼거렸다.

"중요한 건 이 모든 일을 누군가의 지시 없이 스스로 할 수 있

도록 하는 것입니다. 지저분한 것이 보이면 정리하고, 음식이 없으면 알아서 요리하고, 아이의 학습 수준에 맞는 자료를 스스로 검색해 공부하게 하고, 사람의 체온이나 몸 상태를 감지하여 아플 땐 간병을 해주는 로봇을 만들고 싶습니다."

도훈이 말이 계속되는 동안 아이들의 눈과 입은 점점 커졌다.

"그걸 어떻게 만들어?"

지오가 멍한 표정으로 물었다.

"지금까진 주로 한두 가지 기능을 가진 로봇만 만들어졌지만, 이들을 모두 합치고 조금씩 성능을 높인다면 충분히 만들 수 있다고 생각해. 다른 사람들이 만들어놓은 로봇을 따라서 만드는 건 아이디어라 할 수도 없잖아."

도훈이는 침착하면서도 단호하게 말했다.

"하지만 우린 로봇의 설계도와 모형도 만들어야 해. 네가 말한 것처럼 복잡한 로봇을 만들려면 회로도 그리다 시간만 다 보내고 말 거야. 그리고 설령 저렇게 만든다 해도… 그게 사람이지, 로봇이냐?"

민준이 말에 도훈이가 인상을 찌푸렸다.

"기왕 만드는 거면 사람을 넘어서는 로봇을 만들어야 하는 거

아냐?"

순간 윤지의 가슴이 뜨끔했다. 저 말은 지난번 선생님에게 윤지가 했던 말과 같았다.

"야, 차라리 그냥 엄마 한 명을 더 만드는 게 낫겠다. 집안일하고 공부 가르치고 아플 때 간호하고… 완전 '엄마' 잖아."

준범이가 피식 웃으며 말했다. 그러자 표정이 굳은 도훈이가 버럭 화를 내며 소리쳤다.

"야, 못하면 못한다 해. 그런 식으로 비웃지 말고…."

그때 선생님이 손을 들며 아이들 앞으로 나섰다.

"음, 어떤 로봇을 만들지 다음 시간까진 결정을 해야 해. 그러니까 오늘 본 로봇들이랑 도훈이 의견을 잘 생각해보고 다음 시간에 좀 더 이야기를 나눠보자."

선생님이 말하자 아이들은 모두 '네' 하고 대답했다.

"윤지는 뭐 할 말 없어? 윤지가 만들고 싶다던 로봇도 오늘 동영상엔 없었는데."

"없어요."

윤지는 시선을 내리깔고 대답했다. 사실 윤지도 하고 싶은 말이 없는 건 아니었다. 하지만 지금 상황에서 뭐라도 질문을 했다간 도훈이 때문에 가라앉은 강의실 분위기가 더 엉망진창이 될 것만 같았다.

"이 일을 절대 혼자선 할 수 없다는 걸 다들 기억해줬으면 좋겠어. 대회 날까지 계속해서 서로 의견을 주고받아야 할 텐데, 친구 의견을 가볍게 생각하는 태도는 별로 좋지 않아."

선생님의 말에 아이들이 준범이를 쳐다봤다. 준범이는 양 어깨를 으쓱이며 '내가 뭘?' 하는 입모양을 해보였다.

"그리고 도훈이도 친구들이 말한 문제점을 잘 생각해 봐, 그걸 해결할 수 있는 방법이 뭐가 있을지 생각해봐. 그럼 오늘은 이만 끝!"

평소와 달리 무거운 표정으로 선생님이 강의실을 나갔다. 선생님이 나가자마자 도훈이가 책상을 주먹으로 쾅 쳤다. 아이들이 모두 도훈이를 봤다. 도훈이는 아이들 시선에 아랑곳없이 벌떡 일어나 강의실 문을 닫고 나가버렸다.

잠시 후, 지오가 윤지에게 다가왔다.

"윤지야, 나가자. 오늘 떡볶이 먹으러 가기로 했잖아."

윤지가 고개를 끄덕이며 자리에서 일어섰다.

윤지와 지오는 과학센터를 나와 큰길가에 있는 분식점으로 향했다.

"너, 도훈이 얘기 들었어?"

윤지는 고개를 저었다.

"도훈이는 어렸을 때부터 신동으로 유명했대. 초등학교 2학년 땐 이미 중학교 과정을 공부하고 있었고 3학년 때부터 지금까지 과학경시대회에서 매번 만점을 받았다 하더라. 신문이랑 과학 잡지에도 여러 번 나왔대."

윤지는 떡볶이를 먹으며 고개를 끄덕였다.

"우리 학교 친구 중에 도훈이랑 같이 영재학교 다녔던 친구가 있어. 걔도 엄청 똑똑한데, 걔가…."

윤지가 컵에 물을 따르며 지오의 얼굴을 쳐다봤다.

"성격이 정말 안 좋은가봐. 애들하고도 잘 안 어울리고, 뭐든 혼자서만 하고, 까칠하게 굴고…."

"켁, 켁!"

윤지는 물을 마시다 말고 사레가 걸렸다.

"괜찮아?"

마니조 분식
BUS

지오가 휴지를 건네며 물었다. 윤지는 연거푸 괜찮다는 손짓을 해보였다.

"솔직히 말하면 난 너하고 도훈이가 비슷하다고 생각했어."

지오의 말에 윤지 가슴이 쿵 내려앉았다.

"하지만 지금은 아냐."

지오가 환하게 웃으며 말했다. 그렇지만 윤지는 웃음이 나오지 않았다.

우정에 필요한 다섯 가지

다음 날, 윤지는 가족들과 함께 요양원에 갔다.

"우리 윤지, 잘 지냈니?"

할아버지는 제일 먼저 윤지의 손을 잡으며 환하게 웃었다. 그렇지만 윤지는 웃음기 없는 얼굴로 고개만 끄덕일 뿐이었다.

가족들은 여느 날과 다름없이 식사를 하기 위해 가까운 음식점으로 향했다.

"우리 아가씨, 왜 이렇게 심통이 났어?"

"그런 거 아니에요."

윤지는 고개를 저으며 말했다. 식사를 마치고 나서 가족들은 요

양원으로 돌아와 분수대 옆 벤치에 앉았다. 엄마와 아빠가 디저트를 준비하기 위해 로비로 들어가고 난 뒤, 할아버지가 윤지에게 물었다.

"미션은 잘하고 있니?"

뭐라고 대답할지 잠깐 망설이던 윤지는 고개를 들고 말했다.

"할아버지, 저는 도대체 왜 하필 그런 미션을 해야 하는지 모르겠어요. 그런다고 뭐가 달라져요? 로봇 아이디어 경진대회는 말 그대로 좋은 아이디어만 있으면 되는 거잖아요. 제가 그 애들이랑 친해지든 안 친해지든 결과는 똑같을 거예요. 다들 실력은 정말 뛰어난 아이들이니까요."

윤지의 말에 할아버지는 고개를 돌려 저만치 서 있는 나무를 바라보며 말했다.

"예전에 중학교 다닐 때 난 축구를 참 잘했단다. 그래서 다른 학교와 축구 시합을 할 때면 늘 대표선수로 나서곤 했지."

윤지는 묵묵히 고개를 숙인 채 할아버지의 이야기를 들었다.

"그러던 어느 날, 강원도 청소년 축구대회가 열린다 하더구나. 나는 당연하게도 학교 대표가 되었고, 또 나처럼 각 학교에서 축구를 가장 잘하는 아이들이 모여 고성군 대표팀이 꾸려지게 되었지."

할아버지가 이야기하는 동안 윤지의 머릿속에선 '왜 이런 이야기를 하시는 거지?' 하는 생각이 떠나질 않았다.

"자, 결과는 어땠을까?"

할아버지가 윤지에게 고개를 돌리며 물었다.

"글쎄요, 그리 좋지는 않았을 거 같은데요?"

"왜?"

"만일 결과가 좋았다면 할아버지는 축구선수가 되셨겠죠."

"하하, 그렇구나."

할아버지는 오랜만에 큰 소리로 웃었다.

"그래, 네 말이 맞단다. 우린 첫 시합부터 처참히 지고 말았어. 상대는 우리와 비교조차 할 수 없을 만큼 약한 팀이었던 터라, 충격이 꽤 컸지."

할아버지는 잠시 뭔가 생각에 골몰하더니 말을 이었다.

"그럼 이번에도 맞힐 수 있는지 한번 볼까. 우리가 왜 그 뛰어난 실력을 갖고도 질 수밖에 없었는 줄 아니?"

윤지는 한참을 생각했다. 그렇지만 뚜렷이 떠오르는 게 없었다.

"우리가 진 이유는, 바로 축구만 생각했기 때문이야."

"네? 그게 무슨 말씀이에요? 축구를 할 때 축구를 생각하는 건 당연한 건데요."

"그렇지. 그건 당연하지. 그런데 문제는 축구 '만' 생각했다는 거야. 사람은 생각하지 못하고…."

"사람이요?"

"그래, 사람. 우리는 다들 축구화가 닳을 정도로 열심히 연습했단다. 그렇지만 각자 자기 실력을 뽐낼 생각만 했지, 동료 선수들을 미처 생각하지 못했어. 윤지야, 축구가 어떤 운동인지 아니?"

"할아버지도 참… 발로 공을 차서 골을 넣으면 득점을 하는 운동이지요."

윤지가 피식 웃으며 대답했다.

"축구는 말이다, 공으로 대화를 하는 운동이야."

"공으로… 대화를 한다고요?"

윤지는 고개를 갸웃거렸다.

"죽이 잘 맞는 친구들끼리는 얘기가 계속 오가고 대화가 끊이질 않아. 그렇지만 어느 한쪽에서 일방적으로 얘기를 늘어놓거나, 또는 입을 꾹 다물고 있으면 그 대화는 결코 오래갈 수가 없지. 축구도 마찬가지란다. 동료들과 공을 끊임없이 주고받을 수

있어야 그 팀이 경기에서 이길 수 있어. 만일 자기 혼자만 공을 차지하려 하거나, 자신에게 오는 공을 받지 않으려 하면 절대 이길 수가 없지.”

윤지는 천천히 고개를 끄덕였다.

“그때 오로지 내 실력을 보여주겠다는 생각에만 너무 빠져 있었던 거야. 혼자서 공을 차지하고 골을 넣으려는 데만 급급했지. 불리한 위치에 있을 땐 아예 공을 받으려 하지 않았고. 바로 그 때문에 뛰어난 실력을 갖고서도 결국 경기에서 졌던 것이란다.”

“그런데 왜 갑자기 축구 이야기를 하시는 거예요?”

윤지가 고개를 돌려 할아버지를 보며 물었다.

“지금 네가 하는 그 로봇 아이디어 경진대회 말이다.”

“네.”

“각자의 실력이 뛰어나다 해서 좋은 결과를 얻을 수 있을까?”

윤지는 아무런 대답을 하지 못했다.

“죽이 잘 맞는 친구처럼 서로의 의견을 매끄럽게 주고받을 수 있어야 좋은 결과를 얻을 수 있을 거야. 그러기 위해선 각자의 실력만큼이나 친구들끼리 관계가 좋아야 하는 건 물론이고….”

윤지는 길게 한숨을 쉬었다.

"무슨 말씀이신지 이제 알겠지만…."

할아버지는 주머니에서 작은 수첩을 꺼냈다. 그리고 그 수첩에 뭔가를 적어 윤지에게 건넸다.

관심 갖기, 먼저 다가가기, 마음 알아주기,
칭찬하기, 함께 웃음 나누기

"이 다섯 가지 키워드를 꼭 기억하거라. 미션을 수행하는 데 큰 도움이 될 거야. 일종의 요점 정리지."

윤지는 말없이 할아버지가 건네준 종이를 주머니에 넣었다. 그때 분수대 옆 야외 탁자에서 엄마와 아빠가 부르는 손짓을 했다. 할아버지와 윤지의 대화는 그렇게 끝났다.

며칠이 지났다. 수업을 마치고 집에 오니 할아버지가 보낸 두 번째 택배가 도착해 있었다. 이번엔 상자 안에 종이로 접은 기린이 들어 있었다. 윤지는 이번에도 조심조심 종이를 펼쳐봤다.

> 좋은 친구가 생기기를 기다리는 것보다 내가 먼저
> 누군가의 친구가 되었을 때 행복하다.
>
> 그라시안

이 문구와 함께 적힌 이름은 '신도훈'이었다.

"아아…."

윤지의 입에서는 한숨이 흘러나왔다.

다음 날, 윤지가 과학센터 강의실 문을 열고 들어서자 지오가 마치 기다렸다는 듯 달려나왔다. 그리고 카드 한 장을 내밀었다. 윤지는 의아한 표정으로 카드를 펼쳐봤다. 유소년 오케스트라 공연 초대장이었다.

"여기 같이 가자고?"

윤지는 지오를 향해 카드를 들어 보이며 물었다.

"하하. 같이 가는 건 맞는데…."

그때였다. 윤지의 앞자리에 앉아 있던 민준이가 고개를 돌리며 말했다.

"지오가 바이올린 연주한대. 거기 오케스트라에서…."

"바이올린? 너 바이올린 연주도 해?"

윤지가 깜짝 놀라 물었다.

"잘하진 못하고 그냥 악보 보고 겨우 따라하는 정도야. 이번이 내가 단원으로 들어가서 하는 첫 공연이거든. 그래서 꼭 와줬으면 좋겠어."

"글쎄, 시간이…."

사실 시간이 없는 건 아니었다. 그렇지만 윤지는 평소에도 지루해서 공연을 거의 즐기지 않았다.

"아이, 그러지 말고 꼭 와. 알았지?"

윤지 손을 꼭 잡으며 지오가 말했다. 윤지는 마지못해 고개를 끄덕였다.

그때 강의실 문이 열리며 잔뜩 굳은 얼굴의 도훈이가 들어왔다. 뒤이어 선생님이 파일과 책을 잔뜩 끌어안고서 들어왔다.

"오늘부턴 본격적으로 로봇 만들기에 대해 이야기를 해보자. 그런데 그 전에 우리가 한 가지 정할 게 있어."

선생님은 작은 노트북 컴퓨터 한 대를 가리켰다.

"이 컴퓨터는 우리의 회의 내용을 기록하거나, 검색, 계산 등을 하는 데 사용할 거야. 그런데 관리해줄 친구가 없네. 이걸 누가 맡으면 좋을까?"

선생님은 아이들을 둘러봤다. 아무도 먼저 하겠다고 나서는 아이가 없었다.

"그럼, 선생님 마음대로 정해도 되지?"

아이들은 여전히 아무 말이 없었다.

"준범이하고 민준이는 전교회장이고, 채원이는 전교부회장…."

선생님이 아이들 얼굴을 한 명씩 쳐다보며 이야기하는데 지오가 손을 들었다.

"선생님, 전 오케스트라 단원이에요. 연주 연습 때문에 시간이 없는데…."

"그래? 다른 친구들은?"

"저는 안 할 거예요."

도훈이가 삐딱하게 앉아 손가락으로 책상을 톡톡 두드리며 말했다. 뭐라고 설득해도 하지 않을 것 같은 표정과 말투로… 그럼 남은 아이는 현수와 윤지였다.

"선생님, 저보단 윤지가 훨씬 잘할 거 같아요."

현수의 말에 아이들 시선이 모두 윤지에게 향했다.

"선생님 생각에도 다른 사정이 없으면 윤지가 맡는 게 좋을 거

같은데, 어때?"

윤지는 급히 안 되는 이유를 생각해봤지만 딱히 떠오르는 게 없었다.

"그럼 윤지가 하도록 하자. 괜찮지?"

윤지는 하는 수 없이 고개를 끄덕였다. 선생님이 다가와 윤지의 책상 앞에 노트북을 올려놓았다.

"이 노트북이 얼마나 중요한지는 설명하지 않아도 알 테고, 윤지 너만 알 수 있도록 암호로 잠가놓도록 해. 암호 거는 방법은 알고 있지?"

"네."

선생님은 이내 아이들을 둘러보며 말했다.

"오늘은 계획대로 각자 만들고 싶은 로봇에 대해 의논을 좀 해보자. 누가 먼저 얘기해볼까?"

"제가 먼저 할게요."

지오였다.

"좋아, 지오부터. 그런데 선생님한테 이야기하거나 발표하는 게 아니라 친구들과 함께 의논하는 거니까 친구들을 바라보고 얘기하도록 하자. 평소 친구들에게 하는 것처럼 편한 말투로."

지오가 싱긋 웃으며 '네' 하고 고개를 끄덕였다.

"내가 만들고 싶었던 로봇은 춤을 추고 노래를 하는 로봇이었던 거 기억하지?"

지오가 말을 시작하자마자 도훈이가 어이가 없다는 듯 킥킥 웃었다.

"어허, 말을 끝까지 좀 들어봐. 난 내가 만든 소중한 로봇한테 힘든 일을 시키고 싶지 않았어."

"그렇지만 춤추고 노래하는 로봇은 너무 흔해."

민준이가 한마디 했다.

"맞아. 춤추고 노래하는 로봇은 굉장히 많아. 그런데 지난번 동영상에서도 봤듯이 대부분 모양새가 좀 그래. 예쁘지 않다는 말이지."

지오는 가지고 온 파일에서 종이 한 장을 꺼내 아이들을 향해 펼쳤다. 이전에 본 로봇들보다 훨씬 정밀하고 예쁜 로봇의 사진이었다.

"이게 바로 내가 만들고 싶은 로봇이야. 어때, 예쁘지? 그리고 난 이전 댄싱 로봇들 볼 때마다 움직임에 불만이 많았거든. 너희들 로봇춤 알지? 이렇게, 이렇게 추는 거…."

지오는 팔을 90도 각도로 구부리더니 브레이크댄스를 추기 시작했다. 아이들이 웃음을 터뜨렸다.

"난 이렇게 움직이는 댄싱 로봇은 싫어. 그리고 노래할 때도 입만 벙긋벙긋하는 거 말고 발음하는 대로 입모양이 자연스럽게 움직이는 로봇을 만들고 싶어. 좀 더 사람의 움직임에 가까운 로봇을 위해서. 그런데 가만히 생각을 해봤더니, 만일 그런 움직임이 가능하다면 만들지 못할 로봇이 없는 거야. 백과사전을 찾아보니, 우리 인간의 몸과 가장 유사한 모습을 가진 로봇을 '휴머노이드' 라고 부르더라. 그러니까 내가 만들고 싶은 댄싱 로봇이 미래 휴머노이드의 좋은 예가 될 수도 있겠다는 생각이 들더라."

아이들이 고개를 끄덕였다.

"우리가 만들어야 하는 게 설계도랑 모형 로봇이잖아. 모형 로봇은 내가 정말 잘 만들 수 있는데 말야. 대신 설계도를 그리는 데 좀 자신이 없거든. 그러니까 너희들이랑 힘을 합쳐서 그런 로봇을 만들 수 있다면 정말 좋겠어."

지오가 말을 마쳤다. 그러자 현수가 손을 들고 말했다.

"난 좋아. 난 아기를 재워주는 로봇을 만들고 싶었거든. 내 동생이 아기였을 때 잠투정이 심해서 엄마, 아빠가 재울 때마다 고생을 많이 하셨어. 그런데 지오 말처럼 노래도 하고 움직임도 세밀한 로봇을 만들면, 자장가도 부르고 아기를 토닥이거나 안아줄 수도 있을 거 같아."

현수의 말이 끝나자 준범이가 손을 들었다.

"그런데 춤추고 노래하는 로봇은 너무 실용적이지 않은 거 같은데. 사람들에게 보다 도움을 줄 수 있어야 하는 거 아냐?"

"그럼 네가 생각하는 건 어떤 건데?"

채원이 질문에 준범이가 파일을 펼치며 말했다. 파일 안에는 조리대 위에 설치된 로봇과 그 로봇이 만들었다는 요리가 담긴 사진이 들어 있었다.

"난 요리하는 로봇을 만들고 싶어. 인공지능 칩에 우리나라와 일본, 이탈리아, 중국 등 각 나라 요리 레시피를 넣어서 요리하도록 만드는 거지. 만일 이런 로봇이 만들어지기만 한다면 몸이 불편한 사람들이나 바쁜 사람들에게 큰 도움이 될 거야."

아이들은 또다시 고개를 끄덕였다.

"난 찬성이야. 엄마가 예전에 손목 수술을 받으신 적이 있거든. 그때 음식 만드는 거 때문에 엄청 고생을 하셨어. 거기다가 설거지

하는 기능까지 포함시키면 더 좋을 거 같아.”

채원이가 말했다. 이번에는 민준이가 쭈뼛거리며 손을 들었다.

“난 이야기하는 로봇을 만들고 싶어.”

윤지가 고개를 들어 민준이 얼굴을 봤다.

“내가 형제가 없고, 엄마랑 아빠는 저녁 늦게까지 일하셔서 집에 가면 얘기할 상대가 없거든. 그래서 강아지도 키웠는데, 강아지랑은 대화가 안 되잖아. 그래서 이야기도 들려주고, 내 말에 대답도 해줄 수 있는 로봇이 있으면 좋겠다는 생각을 했어.”

“그것도 좋은 생각이다.”

지오가 맞장구를 쳤다.

강의실 한쪽에 서서 잠자코 아이들을 지켜보던 선생님이 입을 열었다.

“흠, 모두들 만들고 싶은 로봇에 대해 많은 생각과 준비를 해왔구나. 이제 의견은 어느 정도 다 나온 거 같고… 도훈아, 넌 어떻게 생각해? 우리가 만들 로봇에 대해 생각 좀 더 해봤니?”

“아니요.”

도훈이는 짧게 대답하고 입을 꾹 다물었다.

‘어휴, 오늘은 안 되겠다. 재하고는 말을 할 수 없겠어.’

할아버지의 미션을 수행하기 위해 윤지는 아까부터 도훈이의 눈치만 살피고 있었다.

"윤지는 어때? 의견 없어?"

선생님의 말에 윤지는 정신이 번쩍 들었다.

"저는 민준이가 말했던 로봇이 좋았어요. 만들기도 어렵지 않을 거 같았고요. 대화의 종류만 더 늘려준다면 좋을 거 같아요."

"그렇다면 현수랑 지오는 좀 더 세밀한 움직임으로 춤추고 노래하는 로봇, 그리고 민준이랑 윤지는 이야기를 들려주면서 대화도 가능한 로봇, 준범이랑 채원이는 요리 로봇을 만들어보고 싶다는 거군. 그렇지?"

아이들은 모두 고개를 끄덕였다.

"이 로봇들을 모두 만들 수 있다면 좋겠지만, 우리에게 주어진 시간이 그리 많지 않아. 그래서 이제 우리가 펼친 의견들을 조금씩 좁혀봐야 할 거 같은데, 어떻게 하면 좋을까?"

지오가 회의 내내 뭔가를 적은 공책을 다시금 쭉 살펴보더니, 손을 번쩍 들었다. 그러고는 아이들을 향해 말했다.

"내 생각엔 한 가지씩만 빼면 될 거 같아."

아이들이 지오의 얼굴을 쳐다봤다.

"춤추면서 요리하긴 어려우니까 노래하면서 요리하는 거지. 어차피 요리하는 거나, 춤추는 거나 관절 모터를 이용해야 하는 건 마찬가지일 테니까 말야. 그리고 노래할 때와 말할 때 취하는 입모양이 비슷하니… 노래도 하고 얘기도 하면서 요리도 할 수 있는 로봇을 만들면 될 거 같은데?"

"칫, 무슨 '짬뽕 로봇' 이야?"

도훈이는 손가락으로 책상을 또닥또닥 치면서 들릴 듯 말 듯한 목소리로 중얼거렸다. 지오는 도훈이 말엔 신경 쓰지 않고 아이들 얼굴을 지그시 쳐다봤다.

"어때?"

"난 요리 가짓수를 줄이고 싶진 않았는데…."

준범이가 못내 아쉬운 듯 말했다.

"내가 만들고 싶은 로봇의 핵심 기술은 대화를 주고받는 거였어. 그냥 이야기를 들려주기만 하는 거 말고…."

민준이 역시 입술을 쑥 내밀며 말했다.

"그렇지만 모든 기능을 다 넣어서 만들 순 없잖아."

지오의 말에 채원이가 고개를 끄덕이며 말했다.

"나도 지오 생각이랑 비슷해. 솔직히 나도 내가 생각했던 걸 다 만들고 싶긴 한데, 그렇게 할 수 없잖아. 이런저런 욕심을 부리다 제대로 못 만드는 것보단 우리가 힘을 합쳐 몇 가지 기능이라도 완벽하게 장착해주면 더 좋을 거 같아."

그제야 아이들이 모두 고개를 끄덕였다. 그러자 선생님이 아이들을 향해 물었다.

"회로도를 만드는 자료는 누가 맡아서 준비할 거니?"

민준이와 현수가 손을 들었다.

"그럼 다음 주부턴 민준이와 현수가 준비해온 자료를 가지고, 본격적으로 설계를 시작해보자. 자, 오늘은 여기까지!"

선생님은 가지고 온 자료들을 탁탁 모으며 인사했다. 선생님이 먼저 나가고 아이들도 한 명씩 강의실을 빠져나갔다.

'오늘 말을 걸까 말까? 시간이 별로 없는데….'

윤지는 계속 도훈이의 눈치만 살폈다. 도훈이의 표정이나 행동을 보면 도저히 다가갈 용기가 나지 않았다.

'아니야. 만나는 날도 많지 않은데 하루라도 빨리 미션을 수행해야 할아버지의 로봇 자료를 받을 수 있지.'

윤지는 심호흡을 크게 했다. 도훈이는 느릿느릿 가방을 정리하더니 아이들이 모두 빠져나간 뒤에야 자리에서 일어섰다. 윤지는 얼른 도훈이의 뒤를 따라갔다.

"저기…."

도훈이가 윤지를 슬쩍 쳐다봤다. 윤지의 얼굴이 홍당무처럼 빨개졌다. 도훈이는 윤지의 말에 대꾸도 없이 뒤로 돌아 걸어갔다.

'먼저 다가가기, 마음 알아주기, 칭찬하기, 함께 웃음 나누기… 또 뭐더라? 다섯 가지였는데?'

윤지는 마음속으로 할아버지가 알려준 다섯 가지 키워드를 떠올리려 애쓰며 도훈이 뒤를 계속 따라갔다.

"저기, 있잖아…. 네가 부러워."

"내가? 왜?"

"넌 똑똑하잖아. 아는 것도 많고, 우리 중에서 경시대회 점수도 가장 높았다며? 그리고 영재교육도 받았다고…."

"너 무슨 내 뒷조사 같은 거 했어?"

"아, 그런 거 아냐."

윤지는 당황해하면서도 도훈이를 계속 따라갔다.

"저기…."

윤지는 다시 말을 걸어보려 했지만 도훈이는 좀처럼 눈길을 주지 않았다.

이윽고 도훈이가 주머니에서 이어폰을 꺼내 양쪽 귀에 꽂자 윤지는 걸음을 멈췄다.

'역시 오늘은 아니었어. 안 되겠다.'

윤지는 온몸에서 기운이 쭉 빠지는 것 같았다.

칭찬은 어려워

'할아버지 자료만 있다면 모든 일이 술술 풀릴 텐데…. 나도 편하고, 아이들도 더 이상 회로도나 설계도를 가지고 고민하지 않아도 되고. 시간도 절약될 텐데…. 그러려면 먼저 도훈이와 가까워져야 하는데, 과연 그게 될까?'

버스를 타고 집에 오는 길, 윤지의 입에서는 쉴 새 없이 한숨이 터져나왔다.

"다녀왔습니다."

현관문을 열고 들어가려는데 아빠의 구두가 눈에 띄었다. 윤지는 거실로 들어갔다. 아빠가 거실 탁자에 노트북을 올려놓고 일을 하고 있었다.

"아빠, 내일 바쁘세요?"

아빠가 고개를 돌려 윤지의 얼굴을 쳐다봤다.

"글쎄, 오늘 이 일만 끝내면 내일은 좀 한가할 거 같은데, 왜?"

"할아버지 요양원에 가고 싶어서요."

아빠가 의아한 표정을 지어 보였다.

"할아버지 요양원? 무슨 일 있니?"

"아니, 할아버지께 드릴 말씀이 좀 있어서요."

"그래. 내일 오후에 전화하마."

"네."

윤지는 얼른 방으로 들어왔다. 그리고 내일 할아버지에게 보여 줄 생각으로 지오와 친구가 된 과정을 공책에 적기 시작했다.

"이렇게 갑작스레 오니 더 반갑구나!"

할아버지가 요양원 로비에서 윤지와 아빠를 반겨줬다.

"할아버지, 여기 있어요."

윤지는 어제 저녁에 썼던 공책을 할아버지에게 내밀었다. 할아버지는 로비 소파에 앉아 윤지의 공책을 한참 동안 읽었다.

"잘해냈구나. 잘했어."

할아버지가 윤지에게 공책을 건네며 활짝 웃었다.

"그걸 보여주려고 아빠를 졸라서 온 거니?"

할아버지가 공책을 가리키며 물었다. 윤지는 입을 꾹 다물고 아무 말도 하지 않았다. 할아버지는 아빠에게 자리를 비켜달라는 손짓을 했다. 아빠가 로비 밖으로 나가자마자 윤지는 할아버지에게 투덜거렸다.

"할아버지, 다른 애로 바꿔주시면 안 돼요?"

"다른 애로? 이유가 뭐야?"

"도훈이는 정말 어려워요. 성격도 까칠하고, 아무하고도 얘기를 안 하려 해요. 어제 말 한마디 걸었다가 얼마나 창피를 당했는지 아세요?"

윤지의 목소리가 점점 높아졌다.

"저런, 다섯 가지 키워드만 잘 생각했다면 어렵지 않았을 텐데 그랬구나."

"다섯 가지 키워드, 그대로 다 했어요. 먼저 다가가서 웃으며 칭찬해줬단 말이에요. 그런데 도훈이는 저한테 공감해줄 기회조차 주지 않았어요. 양쪽 귀에 이어폰 딱 꽂고는 그냥 가버렸다니

까요.”

“칭찬을 어떻게 해줬니?”

“과학경시대회 점수도 우리 팀에서 가장 높고, 영재교육도 받을 정도로 똑똑해서 부럽다고요.”

“그게 정말 칭찬이었을까?”

“똑똑하고 성적이 좋아서 부럽다는 건 당연히 칭찬이잖아요. 그런데도 도훈이는 하나도 기분이 좋아 보이지 않았어요.”

할아버지는 잠깐 생각에 잠기더니 윤지에게 말했다.

“윤지야, 너는 참 예쁘고 키도 크고 똑똑하구나.”

윤지는 멀뚱한 표정으로 할아버지를 쳐다봤다. 그러자 할아버지가 윤지의 손을 잡으며 말했다.

“그렇지만 윤지야, 난 무엇보다 네가 주어진 일을 누구보다 열심히 하는 걸 가장 칭찬해주고 싶단다. 자기가 하고 싶은 일에 책임감과 열정을 갖는다는 건 아무나 할 수 있는 일이 아니야. 그렇게 열심히 살아간다면 넌 정말 훌륭한 어른이 될 수 있을 거야.”

윤지는 눈을 크게 뜨고서 할아버지의 얼굴을 봤다. 할아버지가 싱긋 웃으며 물었다.

“어떠냐?”

"네?"

"내가 처음 했던 칭찬과 두 번째 했던 칭찬이 둘 다 같다고 생각하니?"

"아!"

윤지는 저도 모르게 탄성이 흘러나왔다.

"다섯 가지 키워드 중 가장 처음이 '관심 갖기' 였지? 친구에게 관심을 갖고 그 친구가 가진 장점을 제대로 들여다보지 않으면 진실한 칭찬은 할 수 없단다. 네가 도훈이에게 했던 칭찬은 관심도 애정도 없이 그저 입으로만 하는 칭찬이었던 거야."

순간 윤지의 머릿속에서 번쩍 하고 깨달음의 번개가 치는 것 같았다.

"다섯 가지 키워드 중 가장 먼저 떠올려야 하는 걸, 미처 생각하지 못했구나."

할아버지가 자리에서 일어서며 말했다. 윤지의 고개가 저절로 숙여졌다.

며칠 뒤, 윤지는 과학센터에 갔다.

'관심이라….'

관심 갖기
먼저 다가가기
마음 알아주기
칭찬하기
함께 웃음 나누기

윤지의 머릿속엔 온통 '관심 갖기' 라는 말만 맴돌았다.

강의실에는 시간이 일러서인지 도훈이만 와 있었다. 윤지는 조심조심 걸어들어가 도훈이와 멀지 않은 곳에 자리를 잡고 앉았다. 잠시 뒤, 아이들이 모두 모이고 선생님이 강의실로 들어와 윤지의 자리에 노트북을 놓아줬다.

"자, 오늘부터는 본격적으로 설계를 시작할 거야. 민준이와 현수는 자료 준비해왔지?"

민준이와 현수가 고개를 끄덕였다. 다른 아이들도 저마다 필요한 자료들을 꺼내놓고 회의를 시작했다.

"이건 내가 예전에 모아뒀던 로봇 회로도인데 이걸 기본으로 설계하면 좋을 거 같아 가져왔어."

민준이가 파일에서 사진 몇 장을 꺼내놓았다. 도훈이를 뺀 나머지 아이들은 머리를 맞대고 사진을 살펴봤다.

"이건 조립 로봇 아냐? 공장 같은 곳에서 사용하는?"

현수가 고개를 갸웃거리며 물었다.

"응, 맞아. 그런데 여기 보면 음성 칩을 집어넣기 쉽게 되어 있잖아? 이야기를 하거나 노래하는 로봇을 만들려면 이런 방식이 좋을 거 같아."

민준이의 이야기를 듣던 현수가 파일을 펼쳤다.

"이건 지난달 한 과학 잡지에 나왔던 로봇에 대한 자료들이거든. 근데 여기 이 로봇 봐봐."

현수가 복잡한 설계도 하나를 손가락으로 가리켰다.

"지금까지 소개된 요리 로봇은 식재료를 인식해서 칼로 자르거나 소스를 뿌리는 정도의 요리만 할 수 있었거든. 그런데 우리나라 요리는 끓이거나 볶는 것처럼 열을 이용한 요리들이 많잖아. 이 사진에 있는 발열 장치를 잘 이용하면 그런 요리를 만들 수 있지 않을까 해서 가져와 봤어."

평소 말이 없는 편이지만 로봇에 대해 설명할 때의 현수는 누구보다 열정적이었다. 아이들 모두가 놀란 표정으로 현수를 쳐다봤다.

"우와, 이걸 다 합치면 되겠네. 그리고 지오가 디자인 예쁘게 하면 정말 최고겠다."

채원이가 눈을 동그랗게 뜨고 아이들을 둘러보며 말했다. 아이들이 하나둘 고개를 끄덕였다. 자연스레 아이들의 눈이 도훈이에게로 향했다. 지오가 도훈이에게 물었다.

"도훈아, 넌 어떻게 생각해?"

도훈이는 한가운데 놓인 현수와 민준이의 자료들을 슥 훑어보더니, 자기가 가지고 있던 자료 뭉치를 툭 던졌다.

"이게 뭐야?"

"내 생각이 궁금하다며? 이게 내 생각이야."

현수가 파일을 열어봤다. 아이들은 머리를 맞대고 일제히 자료를 살펴봤다.

"야, 이게 뭐냐?"

준범이가 입을 쑥 내밀었다.

"뭐가?"

도훈이는 손가락으로 책상을 두들기며 거만한 표정으로 되물었다.

"이건 작년 공모전 수상작이잖아."

"그게 왜?"

"이건 네 아이디어가 아니지. 그리고 우리가 지금까지 이야기한 거랑 별로 다를 것도 없고."

"나 참."

도훈이가 코웃음을 쳤다.

"어차피 내가 아이디어를 내봤자 너희들이 모두 다 만들 수 있

는 것도 아니잖아. 그럴 거면 너희가 할 수 있는 수준으로 보여주는 게 낫지. 그리고 다들 이미 만들어진 거 가지고 따라 만드는 거 아니었어? 작년 수상작은 따라하면 안 되는 거였어?"

도훈이는 한쪽 입꼬리를 올리며 비아냥거렸다. 아이들이 도훈이를 노려봤다.

"뭘 보냐? 싫으면 관둬!"

도훈이는 주섬주섬 자료를 챙겼다. 그러고는 멍하니 다른 곳을 쳐다보며 손가락으로 책상만 두들겼다.

아이들은 도훈이에게 더 이상 눈길도 주지 않은 채 하던 이야기를 계속했다. 어느새 시간은 원래 정해진 시간보다 30분이나 더 지나 있었다.

"자, 그럼 자료 조사와 기본적인 이야기는 모두 끝난 거지?"

아이들 뒤에 서서 지켜보던 선생님이 벽시계를 바라보며 말했다.

"그럼 오늘은 여기까지 하자. 이제부턴 모든 게 대회와 직접적으로 관련이 있으니까 회의 내용이나 설계 내용은 모두 비밀이야. 밖으로 정보가 나가지 않도록 모두 조심하고!"

선생님 말이 끝나자 아이들은 하나둘 강의실 문을 열고 밖으로 나갔다. 윤지는 종종걸음으로 저만치 앞서 가는 도훈이를 뒤따라갔다. 도훈이 귀엔 아니나 다를까 이어폰이 꽂혀 있었다.

'어떻게 말을 건네지?'

윤지는 심호흡을 했다. 그러고는 손가락으로 도훈이의 어깨를 톡 쳤다. 도훈이가 고개를 돌려 윤지를 쳐다봤다.

"왜?"

"저기, 내가 뭐 하나 맞혀볼까?"

도훈이가 인상을 찌푸리며 한쪽 귀에서 이어폰을 뺐다.

"뭐라고?"

"너, 노래 잘하지?"

윤지는 도훈이 얼굴을 똑바로 쳐다보며 물었다.

"무슨 소리야?"

도훈이가 다시 이어폰을 끼려 하자 윤지가 다급하게 말했다.

"아까 네가 손가락으로 톡톡 치며 만든 리듬, 그거 '앞만 보고 가'로 시작하는 랩 아냐?"

도훈이가 말없이 윤지를 뚫어져라 쳐다봤다.

"맞지?"

도훈이가 어이가 없다는 듯한 목소리로 말했다.

"지금 나한테 자랑하는 거야? 그거 알아들었다고?"

윤지는 손사래를 쳤다.

"에이, 설마. 그게 아니라 네가 너무 대단해 보여서 그래."

"뭐라고?"

"난 너처럼 정확하게 박자 타는 애를 본 적이 없어. 내가 피아노도 2년인가 배우다가 그만 뒀거든. 음악에 정말 소질이 없어서. 그런 내가 알아들을 정도니, 네 박자 감각은 정말 뛰어난 거야."

멍한 표정으로 윤지를 쳐다보던 도훈이가 헛웃음을 터뜨렸다.

"나한테 왜 이리 관심이 많은 거야?"

'관심' 이란 말에 윤지의 마음이 뿌듯해졌다.

"친구한테 관심이 많은 건 당연한 거 아냐?"

말을 해놓고 윤지의 마음 한편이 뜨끔해왔다. 지금까지는 '친구' 도 '관심' 도 윤지와는 전혀 상관없는 말이었다.

"그럼 다른 친구들한테나 관심 가져. 나한테 그러지 말고…."

도훈이는 다시 이어폰 한쪽을 귀로 가져갔다. 그러자 윤지가 단호하게 말했다.

"도훈아, 계속 이럴 거야?"

"뭘?"

"회의할 때 아무 말도 안 하고 자꾸만 툴툴거리고…."

"갑자기 없던 책임감이라도 생겼냐?"

도훈이가 코웃음을 쳤다. 윤지는 기분이 조금 상했지만 이내 마음을 가다듬었다.

"그런 거 아냐. 다른 애들도 네가 좀 더 활발하게 의견도 말하고 그러길 기다리고 있을 거야. 네가 우리 중에서도 최고 브레인이잖아."

"난 여기서 계속 같이할 마음 없는데?"

윤지가 깜짝 놀라며 물었다.

"그게 무슨 소리야?"

"난 그만둘 거야. 이런 유치한 장난감 만들기 같은 건…."

도훈이가 쥐고 있던 이어폰을 끼고는 빠른 걸음으로 언덕길을 내려갔다. 윤지는 멍하니 도훈이의 뒷모습을 바라봤다.

귀를 기울이면

"다녀왔습니다."

집으로 온 윤지는 기운이 쭉 빠진 목소리로 인사를 하고는 방으로 들어갔다.

'신도훈…. 정말 큰일이네.'

윤지는 한숨을 쉬며 책상 위에 가방을 내려놓았다. 밖에서 엄마의 목소리가 들렸다.

"윤지야, 저녁 먹어라!"

윤지는 어깨를 축 늘어뜨린 채 문을 열고 주방 쪽으로 걸어갔다. 거실 탁자에 앉아 뭔가를 오리고 있는 윤서의 모습이 보였다.

윤지는 윤서에게 가까이 다가갔다.

"야! 너 지금 뭐하는 거야?"

윤서가 오리던 종이를 빼앗으며 윤지가 소리쳤다. 윤서가 오리고 있던 건 다름 아닌 지오가 준 연주회 초대 카드였다.

"이걸 이렇게 해놓으면 어떡해!"

윤지는 당장이라도 울 것 같은 얼굴로 소리를 질렀다.

"나무 그림이 예뻐서…."

"예쁘다고 아무거나 오려?"

윤지는 급히 오려진 부분을 맞춰보았다. 그렇지만 너무 자잘하게 오려놓은 탓에 제대로 맞춰지지 않았다.

"글씨를 하나도 알아볼 수 없잖아! 이거 어떡할 거야?"

윤지가 계속해서 큰 소리를 내자 엄마가 달려왔다.

"무슨 일이야?"

"윤서가 카드를 엉망으로 오려놨어요."

"무슨 카드?"

"지오 연주회 초대 카드란 말이에요. 날짜랑 시간, 장소가 다 적혀 있었는데 다 오려져서 하나도 모르겠어요!"

"그럼 전화해서 물어보면 안 될까?"

"카드 준 지가 언젠데…. 지금까지 읽어보지도 않았다는 말을 어떻게 해요?"

"어휴, 이를 어쩌니? 윤서, 넌 왜 언니 물건을 함부로…."

윤서는 풀이 잔뜩 죽어서 들고 있던 가위만 만지작거렸다.

"윤지야, 카드를 받은 친구가 더 있을 거 아니니? 다른 친구한테 연락해서 물어보는 건 어때?"

"전화번호를 몰라요. 지오밖에는…."

"윤지야, 마음 풀고 조금만 더 생각해보자. 정 안 되면 지오한테 솔직하게 말해야지, 뭐."

"미안하잖아요. 꼭 오라 했는데…."

"그래, 미안한 네 마음은 충분히 알겠어. 그런데 윤지야."

엄마가 윤지의 머리를 쓰다듬으며 말을 이었다.

"이런 모습 정말 오랜만에 보네?"

"어떤 모습이요?"

"친구 관련한 일로 이렇게 화내는 거 말야."

엄마의 말에 갑자기 윤지는 얼굴이 화끈 달아올랐다.

"엄마, 저 지오한테 전화하고 나서 밥 먹을게요."

윤지는 서둘러 방으로 들어왔다. 발갛게 달아오른 얼굴은 쉽사리 진정되지 않았다. 심호흡을 하고 나서 윤지는 지오에게 전화를 걸었다. 통화대기음이 흘러나오자 바짝 긴장이 되었다.

"윤지야!"

지오가 통통 튀는 말투로 전화를 받았다.

'이렇게 반가워하는데 어떻게 그 말을 꺼내지?'

윤지는 저도 모르게 한숨을 쉬었다.

"윤지야, 무슨 일 있어?"

"아, 그게…."

잠깐 머뭇거리다 윤지는 말을 이어갔다.

"지난번에 네가 준 연주회 초대장 있잖아."

"응."

"그걸 내 동생이 모르고 그림이 예쁘다고 가위로 오렸어. 그래서 날짜랑 시간, 장소를 알 수 없게 됐어."

긴장을 한 탓인지 목소리가 떨렸다.

"푸하하!"

예상치 못했던 지오의 큰 웃음소리에 윤지의 눈이 휘둥그레졌다.

"네 동생, 정말 귀여워!"

웃음기 가득한 지오의 목소리에 긴장했던 마음이 사르르 풀어

졌다.

"미안해."

"괜찮아! 연주회는 내일이야. 시간이랑 장소는 문자메시지로 보낼게."

"고마워."

"고맙긴, 뭘. 그럼 내일 보자!"

윤지는 안도의 한숨을 내쉬며 전화를 끊었다. 그리고 저녁 식사를 하기 위해 주방으로 갔다.

"지오한테 전화해봤어?"

엄마가 윤지의 자리에 그릇을 놓으며 물었다.

"네."

"기분 상한 거 같았어?"

"아니에요. 문자메시지로 알려준다고 했어요."

"다행이네."

엄마의 말에 문득 지오의 웃는 얼굴이 떠올랐다.

'만일 내가 지오였다면 어땠을까? 지금까지 왜 한 번도 펼쳐보지 않았냐고, 왜 제대로 간수하지 못했냐고 따지지 않았을까?'

밥을 먹는 내내 윤지의 머릿속엔 지오의 목소리와 웃음소리가 맴돌았다.

다음 날, 일찌감치 저녁 식사를 마친 윤지는 지오의 연주회가 열리는 문예회관으로 향했다.

"윤지야!"

로비로 들어서자 누군가가 큰 소리로 윤지의 이름을 불렀다. 고개를 돌려보니 채원이가 윤지를 향해 손을 흔들고 있었다. 순간 윤지는 뭔가 이상하다고 느꼈다. 사람들이 많은 곳에서 자신의 이름이 불렸는데도 전혀 화가 나지 않았던 것이다. 오히려 낯선 사람들 틈에서 누군가가 자신의 이름을 불러주니 안도감마저 들었다.

채원이는 현수, 민준이와 함께 있었다. 윤지의 눈에 가장 먼저 들어온 건 아이들이 안고 있는 꽃다발이었다. 사실 집을 나설 때 연주회에 꽃다발을 꼭 사가라고 엄마가 당부했는데, 윤지는 그만 그 말을 깜박 잊은 것이었다.

"아차!"

윤지는 부랴부랴 문예회관을 나와 아이들이 가르쳐준 꽃집으로 향했다. 그리고 가장 예쁘고 탐스러워 보이는 꽃다발을 하나 샀다.

친구에게 주려고 꽃다발을 산 건 이번이 처음이었다. 은은한 향이 풍기는 꽃다발을 품에 안고서 걷다 보니 기분이 정말 이상했다.

왠지 마음이 들뜨기도 하고 괜히 웃음이 나오기도 했다.

연주회가 시작되고 지오가 바이올린을 들고 무대 위로 올라왔다. 모두 여덟 곡 중 한 곡은 지오의 솔로였고 또 한 곡은 비올라, 첼로 연주자들과 함께하는 현악 3중주였다. 지오의 연주를 들으며 윤지는 이제 겨우 악보만 볼 줄 안다는 지오의 말이 지나친 겸손이었다는 걸 깨달았다.

연주회가 끝나자, 로비는 오케스트라 단원들이 저마다 가족이나 친구들과 얘기를 나누고 사진을 찍느라 분주했다. 윤지와 채원이, 현수, 민준이는 사람들 틈을 비집고 지오에게 다가갔다. 무대 위에 있을 때는 잘 안 보였는데 연주복을 입고 엷게 화장을 한 지오의 모습은 정말 귀여워 보였다.

"어, 윤지야, 채원아! 이리 와!"

가족들과 웃으며 이야기를 하던 지오가 아이들을 발견하고는 손을 흔들었다.

"엄마, 과학센터 친구들이에요!"

지오 엄마와 아빠가 뒤를 돌아봤다. 그런데 그 순간 윤지는 깜

짝 놀라고 말았다. 지오 엄마와 아빠는 할머니, 할아버지라고 해도 믿을 정도로 나이가 많아 보였기 때문이었다.

"어머, 지오 친구들이구나. 세상에, 오늘 친구들이 몇 명이나 온 거야? 아까도 한 무리가 다녀가더니…."

"언니, 내가 좀 인기가 많잖아."

지오 언니와 오빠 역시, 이모와 삼촌으로 보일 정도로 어른이었다.

아이들은 저마다 준비한 꽃다발을 지오에게 안겨줬다. 지오 옆엔 이미 여러 개의 꽃다발이 놓여 있었다.

"이럴 줄 알았으면 다른 걸 준비하는 건데."

윤지가 지오에게 꽃다발을 건네며 말했다.

"그게 무슨 말이야? 난 다른 선물보다 꽃다발이 제일 좋은걸."

지오가 웃으며 말했다.

"너, 오늘 최고였어. 공부도 잘하고 바이올린 연주도 잘하고, 대체 못하는 게 뭐니?"

채원이가 엄지손가락을 치켜올리며 말했다. 민준이와 현수도 덩달아 엄지손가락을 들었다.

"우린 시간이 늦어서 먼저 가볼게. 모레 과학센터에서 만나자."

아이들은 지오와 인사를 나누고 뒤돌아섰다. 그때였다.

"참! 윤지야, 잠깐만 기다려줄래? 줄 게 있어."

다른 아이들이 돌아가고 윤지는 지오와 함께 대기실로 들어갔다. 지오는 윤지에게 커다란 쇼핑백 하나를 내밀었다.

"이게 뭐야?"

"연주회 초대권 남은 거랑 내가 평소 예뻐서 모아뒀던 일러스트야. 전시회에 가서 얻은 소책자도 있고, 우리 언니가 보던 외국 디자인 잡지도 몇 권 있어."

"이걸 왜 나한테 줘?"

"네 동생이 예쁜 그림 좋아한다며. 맘껏 오리라고 해."

윤지는 아무 말도 못 하고 멍하니 서 있었다.

"내가 디자인에 관심 많은 거 알지? 나도 어릴 때 언니 책 엄청 오려서 망쳐놨거든. 큭. 네 동생 이야기 들으니까 그때 생각이 나더라. 동생이 좋아했으면 좋겠다."

"좋아할 거야."

"정말?"

지오는 환하게 웃었다. 그런 지오의 모습을 보니 윤지는 할아버

지의 키워드와 자신이 도훈이에게 했던 실수가 떠올랐다.

'진정한 관심이란 게 이런 거겠지? 작은 관심으로도 이렇게 기분이 좋아질 수 있는데 난 왜 그리 두려워했을까?'

윤지의 마음속에 큰 파도가 일렁이는 것 같았다.

집에 온 윤지는 윤서에게 쇼핑백을 건넸다.

"언니, 이게 뭐야?"

"내 친구 지오가 너한테 주라고 해서…."

윤서는 쇼핑백을 열어보더니 환호성을 질렀다.

"우와! 이거 전부 다 내 거야?"

윤지가 고개를 끄덕였다. 윤서는 탁자 앞에 앉아 쇼핑백 안에 들어 있는 것을 하나씩 꺼냈다.

"정말 예쁘다!"

카드 한 장, 그림 한 장을 꺼낼 때마다 윤서는 소리를 꺅꺅 지르며 좋아했다. 윤지는 그런 윤서의 모습을 휴대전화 동영상으로 찍어 지오에게 문자메시지로 보냈다. 그러자 잠시 후, 윤지의 휴대전화에서 메시지 도착 알림음이 울렸다.

ㅠ.ㅠ 나도 동생이 있었으면 좋겠어.

메시지 글 아래에는 지오가 양쪽 눈 밑에 휴지를 붙이고 울상을 짓는 사진이 떠 있었다. 윤지는 저도 모르게 '푸흡!' 하고 웃음을 터뜨렸다.

'정말 도훈이가 그만두면 어떡하지?'

과학센터로 올라가는 길, 윤지는 지난번 도훈이가 했던 말이 계속해서 귓가에 맴돌아 마음이 답답해졌다.

강의실 문을 열고 들어서자마자 윤지는 도훈이가 있는지부터 살펴봤다. 그러고는 안도의 한숨을 내쉬었다. 맨 앞자리에 앉아 있는 도훈이의 뒷모습이 보였기 때문이다.

윤지는 선생님에게서 노트북을 건네받은 뒤, 암호를 다시 설정했다. 윤지 자신의 생일이었던 '0721' 에서, '관심과 웃음' 으로….

"아니, 그걸 그렇게 하려면 여기 몸 쪽 A부분에서 E부분까지 쭉 선을 연결해야 돼."

"그래, 민준이 말이 맞는 것 같아."

아이들은 저마다 준비해온 자료를 꺼내놓고 의견을 주고받으며 커다란 종이 위에 조금씩 설계도를 만들어갔다. 그렇지만 도훈이는 여전히 손가락으로 책상을 두드리며 창밖만 바라보고 있었다.

"오늘도 모두들 고생 많았어. 그럼 다음 시간에 보도록 하자!"

아이들이 그려놓은 설계도를 파일에 넣으며 선생님이 말했다. 아이들은 하나둘씩 자리에서 일어나 밖으로 나갔다. 이제 강의실 안에는 윤지와 도훈이 둘뿐이었다. 도훈이는 귀에 이어폰을 꽂은 채 막 자리에서 일어서려던 참이었다.

"도훈아, 잠깐 나랑 이야기할래?"

도훈이는 힐끔 윤지를 쳐다보더니 말도 없이 돌아섰다. 윤지는 재빨리 도훈에게 다가가 이어폰 한쪽을 빼며 말했다.

"줄 게 있어서 그래."

"뭔데?"

도훈이가 윤지를 쏘아보며 신경질적으로 물었다. 윤지는 얼른 가방에서 CD 한 장을 꺼냈다. 지난번에 도훈이가 손가락으로 쳤던 음악이 들어 있는 CD였다.

"나도 있어."

도훈이가 이어폰을 다시 귀에 꽂으며 쏘아붙였다. 윤지는 도훈이의 소매를 잡았다.

"자세히 봐. 네 거랑 좀 다를 거야."

"대체 뭐가 다르다는 거야?"

도훈이는 신경질적으로 CD케이스를 열어봤다.

"어어?"

도훈이가 놀란 표정으로 CD케이스의 앞뒤를 꼼꼼히 살폈다.

"이거 어디서 났어?"

CD 안쪽에는 유명한 힙합 가수 3명의 친필 사인이 담겨 있었다.

"예전에 엄마랑 새로 문을 연 쇼핑몰에 갔는데 거기서 이 가수들이 공연을 했거든. CD 사면 사인도 받을 수 있다고 해서 동생이랑 같이 두 장 사서 받아놓은 적이 있었어. 솔직히 말하면 동생이 하도 받고 싶다고 해서 받은 거지. 난 이 노래 별로 좋아하지 않거든."

도훈이는 다시 한 번 CD를 살펴보며 신기해했다.

"그런데 너, 정말로 그만둘 거야?"

윤지가 조심스럽게 말을 꺼냈다. 윤지의 말에 도훈이 표정이 딱

딱하게 굳어졌다.

"설마 그만두지 말라고 이거 주는 거야?"

"에이, 그런 거 아냐. 내가 가지고 있는 것보다 이 노래를 좋아하는 네가 갖고 있는 게 좋을 거 같아서 주는 거야."

"그런데 그만둘 건진 왜 물어봐?"

"오늘도 계속 책상만 두드리고 말이 없어서, 아직도 그런 생각이 있는지 궁금했어."

도훈이가 자리에 털썩 앉으며 말했다.

"난 처음부터 여기 오기 싫었어."

"왜?"

"너도 내가 좀 유명한 거 알잖아. 난 그게 싫거든. 날 미워하는 애들도 많고…."

문득 윤지의 가슴 한쪽이 저렸다.

"그럼 처음부터 안 왔으면 됐잖아. 누가 억지로 오라고 시킨 것도 아닌데."

"난 억지로 온 거나 마찬가지야."

"왜?"

윤지는 눈을 동그랗게 뜨며 물었다.

"아빠가 가야 한다고 했거든. 나중에 대학교에 가거나 유학을 갈 때 도움이 될 거라고 말야."

"아빠한테 싫다고 말은 해봤어?"

도훈이는 길게 한숨을 내쉬었다.

"그런 말은 할 수 없어."

"아빠가 무서워?"

"그게 아니고…."

도훈이가 고개를 떨구고 한참 생각하다 입을 열었다.

"우리 가족은 나랑 아빠랑 둘뿐이야. 그래서 우린 서로의 말을 잘 들어줘야 해. 세상에 딱 둘밖에 없는 가족이니까."

도훈이의 뜻밖의 가족 이야기에 윤지는 놀랐다.

"그러면… 아빠도 네 말을 잘 들어주실 거잖아."

"잘 들어주시지. 공부에 관한 것만 빼고…. 우리 아빠는 우리나라에서 제일 유명한 대학교의 교수님이야. 아빠가 가르치는 학생들은 우리나라 최고의 인재들이지. 난 최소한 그 학생들이랑 비슷하든지, 아님 더 뛰어나야 해. 내 방 블라인드에 뭐가 붙어 있는지 알아?"

"뭔데?"

"블라인드를 쫙 내리면 내 인생의 30년 계획표가 나와."

윤지는 놀란 눈으로 도훈이의 얼굴을 쳐다봤다. 도훈이는 지금껏 본 적이 없던 슬픈 표정을 짓고 있었다.

"내가 아기였을 때 우리 아빠는 이미 나의 30년을 결정해놓으셨어. 지금까지 난 그 계획대로 살아왔고 앞으로도 그래야 할 거야. 난 내 방으로 햇빛이 드는 게 싫어. 블라인드를 내려야 하니까."

이야기를 잠자코 듣던 윤지가 물었다.

"그럼 넌 경진대회도 그만두지 못 하지 않아? 아빠가 꼭 하라고 하셨다며?"

"그래서 아빠랑 얘기를 좀 하려고 해."

"무슨 얘기?"

도훈이는 뭔가 말을 꺼내려다 말고 윤지를 빤히 쳐다봤다.

"그걸 너한테 꼭 말해야 해?"

윤지는 고개를 절레절레 저었다.

"아니. 꼭 그런 건 아니지. 다만 난 웬만하면 우리랑 함께했으면 좋겠어. 그리고 지금 그만두면 우리 팀이 곤란해질 수도 있을 거 같고…."

"뭐가 곤란해?"

"매 시간마다 선생님이 자료를 다 가지고 가실 정도로 모든 게 다 비밀이잖아. 그런데 네가 지금 그만두면 혹시라도…."

"다른 곳에 얘기할까 봐?"

윤지는 아무 말을 하지 못했다.

"후훗. 걱정 마. 뭐 대단한 거라도 있어야 말이지."

도훈이는 자리에서 벌떡 일어섰다.

"암튼 이건 고맙다."

도훈이는 CD를 흔들어 보이며 말했다. 그러고는 귀에 이어폰을 꽂고 강의실을 빠져나갔다.

방 책상 앞에 앉은 윤지는 공책을 펼치고 도훈이와 있었던 일을 하나씩 적어나가기 시작했다. 할아버지에게 두 번째 보고서를 보내기 위해서였다.

어떤 친구와도 쉽게 이야기를 나누지 못하고 자신의 의견만 끝까지 고집하던 도훈이의 모습을 써내려가면서, 윤지는 마치 자신에 대해 쓰는 것 같기도 했다.

'후우, 드디어 끝이 보이네.'

이제 드디어 오늘 있었던 일에 대해 쓸 차례였다. 그런데 문득

윤지의 머리를 스치는 생각이 있었다.

'내가 이번처럼 귀를 기울여 친구 이야기를 들어줬던 적이 있었나?'

도훈이에 대해서 많은 것을 알게 된 것도, 도훈이의 마음을 조금이라도 이해하게 된 것도 모두 저절로 된 게 아니라 도훈이의 말에 귀기울였기 때문이었다. 할아버지의 미션 덕분에 도훈이에게 먼저 다가가지 않았더라면 윤지는 도훈이를 똑똑하지만 자만심 가득한 아이로 계속 기억했을 것이다.

윤지는 할아버지가 건네준 쪽지를 꺼내봤다.

'관심 갖기, 먼저 다가가기, 마음 알아주기, 칭찬하기, 함께 웃음 나누기.'

윤지는 몇 번이고 반복해서 읽었다. 그러고는 빙긋이 웃었다.

네 전화번호가 궁금해

보고서를 보내고 며칠이 지났다. 윤지는 할아버지로부터 또 하나의 택배를 받았다. 이번엔 종이로 접은 새 한 마리가 들어 있었다. 윤지는 천천히 종이 새를 펼쳐봤다.

친구들에게서 기대하는 것을 친구들에게 베풀어라

아리스토텔레스

늘 그렇듯 종이 안쪽에는 할아버지의 짧은 메시지와 함께 낯익은 이름이 적혀 있었다. 윤지는 여유롭게 웃으며 종이를 접어 책상 서랍 안에 넣었다.

다음 날, 학교 첫 수업이 시작되었지만 어쩐 일인지 푸름이의 자리가 비어 있었다. 알고 보니 열이 많이 나고 아파서 학교에 오지 못 했다고 했다.

3교시 미술 시간이 시작되자, 선생님이 커다란 전지를 각 모둠에 한 장씩 나눠줬다.

"오늘 배울 모자이크에서 가장 중요한 점은 모두가 힘을 합치는 거예요. 한두 사람의 힘만으론 결코 이 큰 종이를 채울 수가 없거든요. 각자 할 일을 잘 나누고 성실하게 자기 몫을 해내야만 완성할 수 있다는 걸 잊지 마세요."

아이들은 각자 할 일을 나누고 모자이크를 만들기 시작했다.

"에이, 얘는 왜 하필 오늘 같은 날 몸살이래?"

재민이가 푸름이의 빈자리를 보며 투덜거렸다.

"몸살 걸리는 날을 정하고 걸리는 사람도 있어?"

윤지가 재민이를 쳐다보며 낮은 목소리로 말했다. 재민이가 한참 멍하니 윤지를 쳐다보더니 어이가 없다는 듯 코웃음을 쳤다.

"네가 그렇게 얘기하니까 되게 웃긴다. 너, 다른 애들이 아프든 말든 관심도 없었잖아."

재민이 말에 윤지는 입을 꾹 다물었다.

한 달쯤 전, 음악실을 다녀오다 재민이가 계단에서 미끄러져 넘어진 적이 있었다. 그때 재민이 옆엔 윤지를 포함한 두어 명의 아이들이 함께 계단을 내려오고 있었는데, 재민이가 넘어지자 윤지를 제외한 나머지 아이들은 걱정스런 표정으로 재민이 곁으로 몰려갔다.

"괜찮아?"

"다쳤어?"

아이들은 재민이를 일으키려 했지만 재민이 덩치가 워낙 커서 모두 끙끙대기만 할 뿐이었다. 그러자 그중 한 명이 윤지를 향해 말했다.

"너도 좀 도와줘."

그 말을 듣자 윤지의 옛 상처가 다시 아려왔다.

'도와달라고? 내가 왜? 내가 도움이 필요할 땐 아무도 도와주지 않았잖아.'

윤지는 뚜벅뚜벅 계단을 내려왔다. 아이들이 부르는 소리가 몇

번이나 들려왔지만 윤지는 끝내 고개를 돌리지 않았다.

그 일로 재민이는 한동안 발목에 붕대를 감고 다녀야 했다. '누가 아프든 말든 관심도 없다'는 재민이 말은 분명 그때의 일을 두고 한 말이었다. 마치 모래알이 잔뜩 들어간 것처럼 윤지의 마음속이 꺼끌꺼끌했다.

수업이 끝나고 나서 윤지는 옆 반 교실 앞을 서성거렸다. 잠시 후, 교실에서 현수가 나왔다.

"현수야!"

현수는 깜짝 놀란 얼굴이었다.

"저기…."

윤지는 머뭇거리며 쉽사리 말을 꺼내지 못했다. 현수가 그런 윤지를 의아한 눈으로 쳐다봤다.

"오늘 과학센터 같이 갈래?"

윤지의 갑작스러운 제안에 현수는 당황한 표정으로 고개를 끄덕였다.

과학센터로 가는 버스 정류장 앞, 윤지와 현수는 한동안 말없이 길 건너에 있는 건물만 바라보고 있었다. 그러다 먼저 말문을 연

건 현수였다.

"혹시 나한테 할 말이라도 있니?"

"아니, 그냥. 어차피 우리 둘 다 과학센터에 갈 거잖아."

윤지는 부끄러워 현수의 시선을 피했다.

"실은 네가 같이 가자고 해줘서 반가웠어. 매번 혼자 가는 거 싫었거든."

현수가 싱긋 웃으며 말하자 윤지의 마음이 한결 편안해졌다.

"처음 과학센터에서 내가 너 모른다 했잖아? 솔직히 말하면 4학년 때 같은 반이었던 건 기억나는데 제대로 말해본 적도 없어서 그랬어. 미안."

"뭐가 미안해? 그럴 수도 있지."

현수가 환하게 웃으며 말했다.

"그래도 네가 공부를 잘했다는 사실은 기억할 법도 한데 이상하단 말야."

윤지가 고개를 갸웃거렸다.

"나, 공부 별로였고 지금도 그래."

"뭐? 과학경시대회 성적, 좋잖아."

"그건 과학경시대회니까. 난 과학이랑 수학만 잘해."

"아…."

윤지가 고개를 끄덕였다.

"다른 과목은 점수가 완전히 바닥이야. 시험 평균 점수가 80점만 나와도 다행일 정도로. 지금 반 애들도 다들 내가 공부 못하는 줄 알아. 더더구나 4학년 땐 과학경시대회에도 나간 적이 없으니까 네 기억에 없는 게 당연하지."

그때였다.

"어! 외국인이다!"

현수가 놀란 듯이 고개를 획 돌렸다. 남자 아이들 서너 명이 무리 지어 서 있었다.

"재는 또 뭐야? 까칠한 조윤지네? 둘이 뭐 하냐?"

아이들은 빈정거리며 소리를 질러댔다. 현수는 벌게진 얼굴로 그들을 노려보고 있었다.

"크크, 둘이 친한가봐. 조윤지가 외국인이랑 친하구나."

"너, 그 외국인 소리 한 번만 더 해봐."

현수가 화를 겨우 참는 듯한 얼굴로 말했다.

"한 번 더 하면 어쩔 건데? 외국인 맞잖아. 외국인 아들이면 외국인이지."

그때 과학센터로 가는 버스가 도착했다. 윤지가 현수를 향해 빨리 버스에 타자는 눈짓을 해보였다.

"내일 두고 보자."

현수는 굳은 표정으로 한마디를 던지고는 버스에 올라탔다.

할아버지가 이번에 보내온 종이에 적혀 있던 친구의 이름은 바로 '유현수'였다.

"놀랐지?"

버스에 올라탄 현수가 윤지에게 물었다. 윤지는 아무 말도 하지 못했다.

"우리 엄마가 필리핀 사람이거든. 그래서 아이들이 늘 저렇게 놀려."

"아, 그래서 네가 눈이 크구나. 쌍꺼풀도 진하고…."

"게다가 피부도 까맣고 국어도 잘 못하지."

"아까 외국인이라고 놀리던 아이들 중에 너보다 더 까만 애도 있던데, 뭘. 그런데 국어가 많이 어려워?"

현수는 고개를 끄덕였다.

"애기들이 말을 배울 때 엄마, 아빠가 하는 말을 듣고 따라하는

거잖아. 그런데 우리 엄마와 같은 외국인들은 한국말을 잘하지 못하니까, 다문화 가정의 아이들은 다른 애들보다 말도 늦게 배우고 우리말을 이해하는 것도 좀 어려워. 그래서 그런지 지금도 국어랑 사회 같은 과목은 좀 어려워."

윤지는 천천히 고개를 끄덕이며 현수의 이야기를 들었다.

"그렇구나. 처음 알았어. 그런데 평소 네 말은 굉장히 논리적이고 재미있어. 특히 과학센터에서 네가 의견을 말할 땐 나도 모르게 집중하게 되던데?"

"정말? 내가?"

윤지는 고개를 크게 끄덕였다.

"다행이다. 실은 요즘 점심시간마다 학교 도서관에 가서 책을 좀 많이 읽었거든."

"어떤 책?"

"그냥, 좀 쉽고 재미있어 보이는 책?"

"그래? 나도 그럼 점심시간에 도서관 좀 가봐야겠다."

윤지가 환하게 웃으며 말했다.

"그럴래? 아까는 기분이 정말 안 좋았는데 너하고 얘기하고 나니까 엄청 좋아졌어."

현수도 웃으며 말했다.

현수는 다른 남자아이들과는 달리 말도 행동도 조용한 아이였다. 그래서 굉장히 소극적인 성격인 줄 알았는데 의외로 재미도 있고 잘 웃는 아이였다. 그런 현수와 얘기를 하다 보니 늘 헉헉대며 힘들게 오르던 과학센터 앞 언덕길도 훨씬 수월하게 오를 수 있었다.

강의실 문을 열고 들어선 윤지는 지오의 옆자리에 앉았다. 연주회와 윤서 이야기로 한참 수다를 떨었다. 그러는 사이 도훈이가 윤지 옆을 지나쳐 멀찍이 떨어진 자리에 가방을 내려놓았다.

"재는 늘 저렇게 벌레 씹은 얼굴이더라."

지오가 입을 삐죽거리며 말하자, 윤지는 도훈이가 들을까 봐 손가락을 입으로 가져갔다.

이윽고 선생님이 들어오시고, 아이들은 둥그렇게 모여 앉아 회의를 시작했다.

"난 센서를 여기 이마 쪽에 달았으면 좋겠어. 머리 부분은 사방으로 돌릴 수 있으니 앞뒤에 따로 달지 않아도 사용할 수 있잖아."

"하지만 그렇게 하면 발이나 손이 이마보다 앞으로 뻗어나가 있을 땐 거리 감지를 잘 못할 수도 있잖아."

“그렇긴 하지만 네 말대로라면 센서를 최소한 네 군데는 달아야 한다는 건데, 그건 너무 복잡하잖아.”

“좀 복잡하면 어때? 정확하게 거리를 감지하는 게 중요하지.”

민준이와 현수, 채원이가 열을 올리며 자신의 의견을 내놓았다. 윤지는 아이들 말을 한마디라도 놓칠세라 열심히 키보드를 두드렸다. 그런데 그러는 사이 도훈이가 자리에서 벌떡 일어섰다. 그러고는 천천히 선생님께 다가갔다. 윤지의 시선이 자연스레 도훈이를 따라 움직였다. 선생님과 도훈이는 한참 심각한 표정으로 이야기를 나눴다. 그리고 잠시 후, 도훈이가 자리로 돌아와 앉았다.

아이들 의견은 좀처럼 좁혀질 줄 몰랐다. 그러다 보니 이야기는 지루하게 이어졌고, 결국 준범이가 연필을 뱅글뱅글 돌리며 선생님을 쳐다봤다.

“어휴, 선생님, 이거 선생님께서 정해주세요.”

“응?”

“우리끼리 얘기해선 답이 안 나오는 걸요.”

“하하하!”

선생님은 입을 벌리고 큰 소리로 웃었다.

“그렇게 내 답을 원하니까 알려주마. 센서를 어느 곳에 몇 개를 달아야 하냐면….”

윤지는 얼른 받아적기 위해 키보드 위에 손가락을 올려놓았다.

“지금 너희들이 하는 이야기가 모두 답이야.”

“네?”

“얘들아, 이런 문제에는 정답이라는 게 따로 없단다. 상대방 이야기를 잘 들어주고 상대방 입장에서 생각해보고, 그런 뒤에 내 의견을 말하고… 그렇게 해서 나오는 게 모두 정답이지.”

“우리가 지금까지 얘기를 했는데 그럼 왜 답이 안 나와요?”

준범이가 입술을 삐죽 내밀었다.

“그건 지금껏 자기 얘기만 했기 때문이야. 너희들 중에서 친구가 가지고 온 자료를 본 사람 있니?”

아이들은 고개를 절레절레 저었다.

“자신이 가진 자료만이 아니라 친구의 자료도 봐야 어떤 점이 다른지, 또 어떤 점이 좋고 나쁜지 정확하게 말할 수 있지 않겠어? 다들 오늘 서로 나눴던 얘기들을 생각해보고 센서 문제는 다음 시간에 다시 얘기하도록 하자. 시간이 많진 않지만 우리에겐 좋은 결과만큼 그 과정도 중요하니까… 알았지?”

“네.”

아이들은 기운이 쭉 빠진 목소리로 대답했다.

"그리고 오늘 너희들에게 전해야 할 말이 있어."

선생님은 잠깐 생각을 한 뒤에 말을 이었다.

"다음 시간부턴 도훈이와 함께하지 못할 것 같구나. 도훈이도 오랫동안 신중하게 생각하고 결정한 거라 하니, 우리도 그 결정을 존중해줘야겠지?"

아이들은 아무 말이 없었다.

"도훈아, 친구들한테 할 말 없어?"

도훈이는 고개를 저었다.

"자, 그럼 모두들 다음 시간에 보자!"

선생님은 윤지가 교탁에 올려둔 노트북을 들고 강의실을 나갔다.

"어휴, 내 이럴 줄 알았어."

지오가 가방을 챙기며 중얼거렸다. 다른 아이들도 지오와 같은 반응을 보였다.

도훈이는 가장 먼저 강의실을 빠져나갔다. 윤지는 지오에게 황급히 손을 흔들고 도훈이를 뒤따라갔다.

"도훈아! 잠깐만!"

한참 도훈이 뒤를 따라 걷던 윤지는 잔디밭을 지날 때쯤 돼서야 큰 소리로 도훈이를 불렀다. 도훈이가 걸음을 멈추고 뒤돌아봤다.

"아빠께는 말씀드린 거야?"

도훈이가 고개를 끄덕였다.

"뭐라고 말씀드렸는데?"

도훈이는 주변을 둘러본 뒤, 아무도 없는 걸 확인하고 입을 열었다.

"나, 여기 말고 영재학교도 다녀."

"그건 알고 있어."

"영재학교에서도 팀을 만들어 같은 대회에 나가거든."

"그랬구나."

"그 팀에 들어가겠다고 말씀드렸어. 어차피 아빠야 뭐, 내가 어느 팀에 들어가서 대회에 나가든 수상만 하면 된다 생각하시니까."

"그럼 네가 왜 우리 팀에서 빠지는 건지도 말씀드렸어?"

도훈이는 잠깐 생각하더니 고개를 끄덕였다.

"응, 엄마에 대한 말 때문이라고."

"엄마? 넌 우리 팀이 만드는 로봇이 마음에 들지 않아 빠지는 거 아니었어?"

윤지의 말에 도훈이가 냉소적으로 말했다.

"정말 눈치가 없구나."

윤지는 고개를 갸웃거리며 그동안 도훈이에게 있었던 일들을 하나씩 되짚었다.

'아, 그거였구나.'

처음 도훈이가 만들고 싶은 로봇 이야기를 할 때 준범이가 "엄마 한 명을 더 만드는 게 낫겠다"라고 대꾸했던 일이 떠올랐다.

"이제야 생각난 거야?"

윤지의 얼굴을 쳐다보던 도훈이가 피식 웃었다. 윤지가 고개를 천천히 끄덕였다.

"그렇지만 준범이는 네 사정을 모르고 그냥 한 말이잖아. 지금 여기 있는 아이들 중에 너나 너희 집에 대해 자세히 아는 아이는 없어."

"왜 없니? 너도 있고… 암튼 그 말 들은 뒤엔 같이할 마음이 없어졌어. 아빠도 그 얘길 듣더니 내가 좋은 쪽으로 결정하라셨어."

"어쨌든 결정된 거니까 이젠 더 이상 말릴 수도 없겠네."

도훈이가 고개를 끄덕이다 말했다.

"아참, CD는 고마웠어. 그런데…."

도훈이는 잠시 무언가 생각하더니 말을 이었다.

신 도 훈
그룹
지정
친 구

"실은 CD보단 네가 내 취미를 알아봐줘서 더 고마웠어. 지금까지 아무도 몰랐거든. 친구도, 아빠도…."

"정말?"

"난 음악이 좋아. 듣는 것도 좋고 부르는 것도 연주하는 것도 다 좋아. 그런데 아무도 내가 그럴 거라 생각을 못하나봐. 내가 너무 공부를 잘해서 그런가?"

윤지는 어이가 없다는 듯 웃음을 터뜨렸다.

"아무튼 네가 그걸 알아봐줘서 고맙고 신기했어."

"그래? 그럼 그 보답으로 휴대전화 좀 줘봐."

"왜?"

윤지는 도훈이가 손에 쥔 휴대전화를 낚아채듯 빼앗았다. 그러고는 도훈이 휴대전화로 자신의 휴대전화에 전화를 걸었다.

"이게 내 번호야. 심심하면 메시지 보내. 방해되니 전화는 하지 말고."

윤지가 휴대전화를 도훈이에게 돌려주며 괜히 부끄러워서 새초롬하게 말했다.

"칫, 전화하라고 해도 안 해."

도훈이도 부끄러운지 휴대전화를 주섬주섬 주머니에 넣으며 퉁

명스럽게 말했다.

"이제 너희들끼리 잘해봐라."

"걱정 마. 그런 말 안 해도 우린 잘할 테니."

도훈이는 곧 말없이 돌아서더니 빠른 걸음으로 과학센터 정문을 빠져나갔다.

'결국 이렇게 헤어지는구나.'

윤지는 한동안 그 자리에 서서 도훈이의 뒷모습을 바라봤다. 그렇지만 이상하게도 허전하거나 답답하지는 않았다. 비록 도훈이가 그만두는 것을 막지는 못했지만 이전보다 훨씬 더 도훈이와 가까워진 것 같다는 생각이 들었다.

외계인이 아니야

다음 날도 푸름이는 학교에 나오지 않았다. 푸름이와 친한 친구들은 어제 푸름이네 집에 병문안을 다녀온 모양이었다. 아이들 말로는 얼굴도 핼쑥해지고 종일 누워 지내고 있다고 했다. 푸름이의 빈자리를 볼 때마다 윤지의 머릿속엔 푸름이가 건넸던 초콜릿이 자꾸만 떠올랐다. 별것 아닌 초콜릿 하나였지만 마음을 따뜻하게 해주었던 게 생생히 떠올랐다.

'많이 아픈 건가? 푸름이네 집에 한번 가볼까? 아니야. 친하지도 않은데 가는 것도 좀 웃기잖아.'

윤지는 마음이 갈팡질팡했다.

점심시간, 식사를 마친 윤지는 도서관으로 향했다. 어제 현수가 점심시간마다 학교 도서관에 가서 책을 읽는다고 했던 말이 떠올랐기 때문이었다.

예상대로 현수는 큰 책상에 앉아 책을 읽고 있었다. 윤지는 책장에서 읽고 싶은 책을 한 권 고른 뒤, 현수 맞은편에 앉았다.

"어? 정말로 왔네?"

현수가 눈을 동그랗게 뜨고 윤지를 쳐다봤다.

"온다고 했잖아."

윤지는 책에 시선을 고정한 채 말했다. 그렇지만 좀처럼 책이 눈에 들어오지 않았다.

"무슨 생각을 그리 해?"

점심시간이 끝날 즈음 도서관을 나오면서 현수가 물었다.

"어? 무슨 생각?"

"너, 아까 보니 표정은 멍하고 5분이 넘도록 책 한 장을 못 넘기더라."

"아, 그게…."

윤지는 말을 할까 말까 한참 망설이다가 어렵게 입을 열었다.

"우리 모둠에 속한 애 한 명이 아파서 이틀 동안 학교를 못 왔거

든. 자꾸만 걱정이 돼서 말야."

"그럼 가보면 되지?"

"별로 친하지 않아서 좀 쑥스럽네."

"에이, 이런 기회로 친해지는 거지. 그런데 그 애가 누구야? 내가 아는 애인가?"

"푸름이라고 혹시 알아?"

현수가 웃음을 터뜨렸다.

"푸름이? 우리 옆집에 살아."

"아, 그래?"

"잘됐네. 학교 수업 끝나면 같이 가자."

"그래."

윤지의 마음이 한결 가벼워졌다. 혼자 가기는 발이 안 떨어졌지만 현수와 함께 간다니 용기가 났다.

수업을 마친 뒤, 윤지는 현수네 교실 앞으로 갔다. 종례가 끝나자 아이들이 우르르 교실에서 빠져나왔다. 그리고 현수가 한쪽 가방 끈을 어깨에 꿰며 걸어나왔다.

"얼른 가자."

그때였다.

"어? 오늘도 조윤지랑 외국인이랑 같이 가네? 아주 맨날 붙어다니는구나."

지난번에 버스 정류장에서 봤던 그 아이들이었다.

"외국인 아니라고 했잖아."

현수가 교실에서 나오는 다른 아이들 눈치를 살피며 조용히 말했다.

"아니면 뭐야? 한국인도 아니고 외국인도 아니고…. 맞다, 그럼 외계인인가?"

"푸하하, 외계인 맞나봐. 아무 대답이 없네?"

아이들은 아주 신이 나서 떠들어댔다. 현수는 빨개진 얼굴로 숨만 씩씩 몰아쉴 뿐 제대로 대꾸도 하지 못했다.

"그런데 진짜 신기하네. 어떻게 조윤지랑 외국인이 친구지? 야, 조윤지, 너도 외국인이냐?"

아이들 중 한 명이 윤지와 현수를 번갈아 쳐다보며 빈정거렸다. 윤지는 그 아이를 쏘아보며 또박또박 말했다.

"우리는 과학센터에 같이 다녀."

"과학센터? 그게 뭐 별거라고…."

"거긴 이 지역에서 과학경시대회 점수가 가장 높은 아이들 몇 명만 다니는 곳이야. 영재교육 기관 같은 거지."

"쳇, 그래서 뭐 어쩌라고?"

"너, 현수 볼 때마다 놀리고 무시하더라. 그런데 현수는 우리 중에서도 과학과 수학에서 최고 브레인이야. 실력으로 따지면 현수가 아니라 네가 무시를 당해야 할지도 모르지."

"내가? 내가 왜 무시를 당해?"

아이는 발끈하며 소리를 질러댔다.

"너도 무시당하는 거 싫지? 그러니까 함부로 다른 애들 놀리지 마. 그리고 너 자꾸 외국인이라 하는데, 현수 엄마는 엄연히 우리나라 국적을 취득한 한국인이야. 떠들려면 제대로 알고나 떠들어. 현수야, 우린 얼른 가자."

윤지가 현수의 가방을 잡아끌며 걸음을 옮겼다.

"고마워."

교문에 다다를 무렵 현수가 낮은 목소리로 말했다.

"뭐가 고마워?"

"내 편 들어줘서. 난 쟤네들이 놀려도 부끄럽고 창피해서 뭐라 해야 할지 몰라서. 말을 잘 못하거든."

현수의 말을 듣는데 문득 윤지는 지오가 했던 말이 떠올랐다.

"그럴 땐 말야, 심호흡을 한번 크게 하래. 지오가 알려줬어."

"지오가?"

"응, 지오가 그러는데, 너무 화가 날 땐 잠시 심호흡을 하면, 마음을 가다듬는 데 도움이 된다던데?"

"헤헤, 다음엔 꼭 그렇게 해봐야겠다."

그렇게 한참 이야기를 하다 보니 어느새 현수와 푸름이가 사는 아파트 앞에 도착했다. 엘리베이터를 타고 올라간 뒤, 기다란 아파트 복도를 따라 걷던 현수가 어느 집 앞에 걸음을 멈췄다.

"여기 509호가 푸름이네 집이고 우리집은 510호야."

이렇게 말한 현수는 거침없이 509호의 초인종을 눌렀다. 잠시 뒤, 푸름이의 엄마가 현관문을 열고 나왔다.

"현수야, 얼른 들어와. 어머나, 다른 친구도 같이 왔구나."

"안녕하세요."

현수와 윤지는 동시에 인사했다.

"어, 윤지야."

엄마의 등 뒤에서 푸름이가 얼떨떨한 표정으로 윤지의 얼굴을 쳐다보고 있었다.

"윤지가 네가 걱정된다고 해서 데리고 왔어."

현수가 말했다.

"윤지야, 고마워. 네가 올 줄은 몰랐어."

푸름이가 기쁜 얼굴로 말했다.

"네 자리가 계속 비어 있는 걸 보니까 걱정이 되더라고…. 몸은 이제 괜찮아?"

윤지가 쑥스러워하며 말했다.

"응, 지금은 정말 많이 나아졌어."

현수와 윤지는 거실에서 푸름이와 마주 앉았다. 그때 푸름이네 엄마가 과일을 담은 접시를 탁자에 내려놓으며 말했다.

"어휴, 너희들도 몸조심해. 푸름이는 어제 병원에서 링거를 맞고 나서야 겨우 기운을 차렸단다."

현수와 윤지는 과일을 먹으며 푸름이와 한참 이야기를 나눴다. 푸름이의 밝은 얼굴을 보고 나니 윤지는 한결 마음이 놓였다.

"내일은 꼭 학교에 갈 거야. 오늘 와줘서 고마워."

푸름이는 현관까지 나와 윤지와 현수를 배웅했다.

"그래. 내일 학교에서 만나자."

"그럼 우리 갈게."

윤지와 현수는 푸름이 엄마에게 인사를 하고 밖으로 나왔다.

"푸름이는 정말 착한 거 같아."

현관문을 나서며 윤지가 현수에게 말했다.

"응, 맞아. 싫은 소리도 한번 안 하고…."

"난 이제 집에 갈게. 넌 바로 옆집이라서 좋겠다."

"헤헤. 그럼 잘 가!"

현수가 현관문의 비밀번호를 입력하며 윤지를 향해 손을 흔들었다. 윤지도 손을 흔들고 나서 엘리베이터를 향해 걸어갔다. 올까 말까 수십 번도 더 망설였는데, 역시 오길 잘했다는 생각이 들었다.

다음 날, 학교에 가보니 푸름이가 먼저 와 있었다. 푸름이는 윤지의 얼굴을 보자마자 환하게 웃으며 손을 흔들었다.

"이제 다 나은 거야?"

윤지가 자리에 앉으며 푸름이에게 반갑게 물었다.

"응, 어제보다 훨씬 좋아졌어."

그때였다.

"어? 최푸름 왔네? 너 때문에 우리 모둠 과제 엉망이 된 거는

알아?"

재민이가 책상 위에 가방을 던지듯이 내려놓으며 거칠게 말했다.

"미안해."

"미안하면 다야? 다른 모둠은 벌써 다 끝냈는데 너 때문에 우린 망했거든? 네가 다 책임져."

"야! 넌 정말… 걱정 마. 과제 내가 다 할게. 됐어?"

윤지가 재민이를 향해 버럭 소리를 질렀다. 아이들이 재민이와 윤지를 쳐다봤다.

"싸우지 마. 내가 할게."

푸름이가 빨개진 얼굴로 안절부절못했다.

"그럼 같이해."

윤지가 말했다.

"아니, 그러면 내가 너무 미안해서…."

"뭐가 그렇게 늘 미안하니? 괜찮아."

수업이 끝난 뒤, 아이들이 모두 빠져나가고 윤지와 푸름이는 책상 위에 종이를 펼쳤다. 4분의 3 정도만 겨우 완성된 모자이크 그림이었다.

"밑그림은 그려져 있으니까 네가 색종이를 잘라서 줘. 나는 붙일 테니까."

윤지가 풀 두 개를 책상 위에 탁 올려놓고서 푸름이에게 색종이와 가위를 건넸다. 푸름이는 고개를 끄덕이고는 부지런히 색종이를 자르기 시작했다.

둘은 아무 말도 하지 않고 열심히 모자이크를 완성해갔다. 그렇게 한 시간쯤 지나고 드디어 윤지는 맨 마지막 빈 공간에 색종이를 붙였다.

"끝났다!"

윤지는 풀로 엉망이 된 손을 번쩍 들어올렸다.

"윤지야, 같이해줘서 고마워."

푸름이는 완성된 모자이크를 보며 감격스러운 표정을 지었다.

"얼른 손이나 씻으러 가자."

윤지와 푸름이는 화장실에 가서 손을 씻었다. 비누칠을 두 번이나 했는데 굳은 풀이 잘 떨어지지 않아 계속해서 문지르고 있는 윤지에게, 푸름이가 조용히 말했다.

"넌 정말 대단한 거 같아. 난 네가 제일 부러워."

"뭐가?"

"난 솔직히 수업 시간에 선생님 말씀도 잘 못 알아듣고 공부하

려고 책을 봐도 무슨 말인지 잘 모르겠거든. 그런데 넌 늘 척척 풀어내잖아. 가끔은 신기하단 생각도 들어."

"그렇지만 넌 착하잖아. 친구들과도 잘 지내고. 언제나 조용조용 웃으면서 말하는 걸 보면 난 그게 더 신기해."

손을 다 씻고 물기를 털어내며 윤지가 말했다.

"정말이야?"

푸름이가 수줍게 웃었다. 윤지와 푸름이는 교실로 들어가 가방을 챙긴 뒤, 교실 문을 닫고 나왔다.

"오늘 정말 고마워. 나 혼자라면 아무것도 못했을 거야."

교문 앞에서 손을 흔들며 푸름이가 말했다. 윤지는 고개를 절레절레 저었다.

집으로 오는 내내 윤지의 머릿속에선 푸름이의 '고마워' 라는 말이 떠나질 않았다. 그러고 보면 할아버지의 미션을 하나하나 해나가며 들었던 말 중에서 가장 기억에 남는 말이 바로 '고마워' 였다.

'누군가에게 고맙다는 말을 들을 정도로 내가 잘한 일이긴 한 걸까?'

꼭 그런 건 아니었던 것 같다. 지오와 함께 있을 땐 이야기를 들어준 게 전부였고, 도훈이는 그저 유심히 바라본 게 전부였다. 그

리고 현수에겐 함께 과학센터에 가자고 먼저 말했던 게 전부였고, 또 푸름이는 아픈 것이 마음에 걸려 찾아간 게 전부였다.

'고마운 친구가 된다는 게 복잡하고 어려운 일이 아니었구나. 할아버지가 가르쳐주신 키워드만 잘 실천해도!'

주말이 되었다. 윤지네 가족은 할아버지를 만나기 위해 요양원으로 향했다.

할아버지는 두꺼운 외투를 입고 로비로 걸어나왔다. 이전보다 훨씬 두툼한 옷을 입고 있는데도 이상하게 할아버지는 더 왜소해 보였다.

"할아버지, 이제 한 명만 남았어요."

윤지는 할아버지를 향해 검지 손가락을 펴보이며 말했다.

"허, 벌써 그리 되었나?"

윤지는 활짝 웃으며 고개를 끄덕였다.

"그뿐 아니에요. 다른 친구도 더 생겼어요."

"오, 그래? 근래 들었던 소식 중 가장 반갑고 기쁘구나. 허허."

할아버지는 윤지의 두 손을 꽉 잡았다.

"그나저나 이제는 자료들이 필요 없어진 거 아니냐? 지금쯤이면 어느 정도 만들어졌을 텐데.”

윤지는 손사래를 쳤다.

“아, 아니에요. 선생님께서 우리가 하는 걸 보시더니 기본 설계도 만드는 데만 세 달은 걸릴 거라 하셨는걸요. 할아버지의 자료만 있으면 우리 팀은 적어도 일정을 두 달은 앞당길 수 있어요.”

“흠, 그렇다면 끝까지 열심히 해봐야겠구나!”

할아버지가 주먹을 불끈 쥐어 보였다.

“그런데, 할아버지. 제가 미션 수행을 잘하고 있는지 아닌지 어떻게 아세요?”

“녀석, 네가 잘하고 있다고 말하지 않았니?”

“제가 거짓말을 할 수도 있잖아요.”

“거짓말이 아니라는 걸 네 얼굴이 말하고 있는데? 흐흐. 아마 너도 어른이 돼보면 이 할아버지 말이 무슨 뜻인지 알 수 있을 거다.”

쉽게 이해가 되지는 않았지만 윤지는 더 묻지 않았다. 늘 그렇듯 할아버지는 모든 걸 다 알고 있는 것 같았다.

우리들의 설계도

수업이 끝나자 윤지는 현수와 함께 근처에 있는 시립도서관으로 향했다. 도서관에서 지오를 만나 로봇에 관한 자료를 빌리거나 복사를 하고 모두 모여 정리를 한 다음에 집으로 갈 예정이었다.

몇 달 사이, 윤지의 하루는 눈에 띄게 바빠졌다. 과학센터에 가기 전 준비해야 할 자료들은 더 많아졌고 가끔은 지오를 만나 햄버거나 떡볶이를 먹으면서 수다도 떨었다. 또 학교 수행과제가 많아지면서 모둠 아이들과 지내는 시간도 더 늘어났다.

도서관에 갔다가 집에 오니 이미 하늘은 어둑해지고 있었다.

"요즘 바쁘게 지내는 걸 보니까 정말 보기 좋은데?"

일찍 집에 와 있던 아빠가 자료를 한아름 안고 들어오는 윤지를 보며 말했다.

"그렇지만 쉬는 날이 너무 없어서 큰일이야. 토요일, 일요일도 늘 바쁘다니까."

엄마가 걱정스러운 표정으로 쳐다봤다. 윤지는 엄마의 진짜 걱정이 뭔지 잘 알고 있었다. 친구들과 잘 지내는 게 다행스러우면서도, 한편으론 이렇게 잘 지내다 또 예전과 같은 일을 겪지 않을까 염려하는 것이었다.

"아참, 윤지야, 아까 할아버지께서 택배 보내셨던데?"

윤지는 얼른 방으로 들어갔다. 늘 오던 것과 같은 모양의 상자였다. 상자를 열어보니 이번엔 종이로 접은 고양이가 들어 있었다. 윤지는 살금살금 조심스럽게 종이 고양이를 펼쳤다.

친구란 '내 슬픔을 등에 지고 가는 자' 라는 뜻이다

인디언 속담

이 문구와 함께 낯익은 이름이 적혀 있었다.

'왜 하필….'

윤지는 종이를 다시 접어 책상 위에 올려놓고 긴 한숨을 내쉬었다.

저녁 식사를 마치고 난 뒤, 윤지는 책상 앞에 앉아 휴대전화 화면만 들여다보고 있었다.

'전화를 할까 말까….'

벌써 한 시간째 같은 생각만 반복하는 중이었다. 그런데 그때 알림음이 울렸다.

너희들끼리 잘하고 있니? 난 잘 살고 있어.

지난주엔 모아둔 용돈 긁어모아서 청소년 힙합 공연도 보고 왔지. 물론, 아빠한테는 비밀!

그냥, 잘 지내나 궁금해할까 봐 문자 보내는 거야. 그럼 안녕!

도훈이었다. 윤지는 피식 웃으며 문자메시지를 쓰기 시작했다.

음, 손 흔들고 열광하며 힙합 공연 보는 네 모습은 좀 상상하기 어렵네.^^
우리 팀은 시간이 갈수록 찰떡 호흡을 자랑하며 열심히 대회 준비를 하고 있어. 너 없이도 아주 잘하고 있다는 뜻이지.
너도 잘 지내는 거 같아 다행이야. 종종 이렇게 서로 문자로 연락하고 그러자.

도훈이에게 답장을 보내면서, 복잡했던 윤지의 마음이 한결 누그러졌다. 윤지는 심호흡을 한 번 하고 휴대전화 화면을 바라봤다. 그리고 연락처에 저장돼 있는 번호 하나를 눌렀다. 신호가 가는 동안 윤지의 가슴은 터져나갈 것처럼 쿵쾅거렸다.

"…."

분명히 전화는 받은 것 같은데 웬일인지 상대방은 아무 말도 없었다.

"나야, 윤지. 잘 지냈니?"

두근거리는 가슴을 진정시키며 윤지가 먼저 말을 꺼냈다.

"응, 너도 잘 지냈지?"

살짝 떨리는 것 같은 예빈이의 목소리였다. 할아버지가 보낸 종이 고양이에는 바로 '한예빈'이라는 이름이 또렷이 적혀 있었던 것이다.

"우리 반 현수가 네 이야기 많이 하던데? 경시대회 뽑혀서 과학센터에 같이 다닌다고…."

"응, 맞아."

잠시 침묵이 이어졌다.

"너, 요즘은 누구랑 친해?"

예빈이가 조심스럽게 물었다.

"나? 글쎄."

윤지는 한참 생각하다 눈을 질끈 감고서 말을 이어갔다.

"친구들은 전보다 많아졌어. 그런데 예전의 너처럼 아주 친한 친구는 없는 거 같아."

"사실 나도 그래. 우리 정말 잘 맞았잖아."

윤지는 눈에 눈물이 그렁거릴 정도로 마음이 놓였다. 만일 예빈이가 전화를 받지 않으면 어떻게 할지, 또 전화는 받았는데 못된 말만 늘어놓고 끊으면 어떻게 할지… 수십 번도 더 고민하다 힘들게 건 전화였기 때문이다.

"저기, 내일 우리 집에 놀러올래? 엄마한테 햄버거 만들어 달라고 할게."

윤지가 울컥거리는 마음을 누르며 말했다.

"정말이야? 너희 엄마 햄버거 정말 맛있었지. 지금까지 먹어본 햄버거 중 최고였어."

"엄마한테 꼭 그리 전할게. 그럼 내일 만나서 이야기하자."

"그래. 그리고 저기…."

"응?"

"먼저 전화해줘서 고마워."

"고맙긴, 뭘…."

전화를 끊고 나서 윤지는 침대 위에 벌렁 누웠다. 세상에서 가장 어려운 숙제를 다 해낸 것처럼 몸과 마음이 가벼워졌다.

다음 날 새벽, 윤지는 문밖에서 들려오는 분주한 소리에 잠을 깼다.

"얼른 다녀올게."

곧이어 아빠의 목소리와 함께 현관문이 열렸다 닫히는 소리가 났다. 윤지는 문을 열고 거실로 나갔다. 새벽 6시, 거실 등이 환하게 켜져 있었다.

"윤지야, 들어가서 더 자."

엄마가 잠옷 차림으로 윤지의 등을 떠밀었다.

"무슨 일이에요?"

"할아버지께서 요양원에 안 계신다고 연락이 와서…."

"할아버지께서요? 어딜 가셨는데요?"

"글쎄, 아직 모르겠네. 아빠가 가셨으니 너무 걱정 말고 좀 더 자렴."

윤지는 많이 걱정이 됐다. 안 그래도, 얼마 전부터 할아버지 건강이 부쩍 안 좋아져 요양원에서 집중 치료를 받고 있다는 소식을 들은 터였다.

'할아버지가 갑자기 사라지시다니!'

윤지는 다시 잠을 이룰 수 없었다.

학교 수업을 마치고 나서 엄마와 윤서, 윤지는 급히 요양원으로 향했다. 요양원 로비에는 아빠가 피곤한 얼굴로 앉아 있었다.

"대체 어떻게 된 일이야?"

엄마가 걱정스런 얼굴로 아빠에게 물었다.

"고향에 가 계셨나봐."

"여기에서 강원도까지? 거길 혼자서 가신 거야?"

"동행이 있었어. 원더랜드 직원."

원더랜드라면 할아버지가 설립하고 마지막까지 일했던 장난감 회사였다.

"아니 어떻게 그런 일이…."

"고향 바닷가에 계셨다는 걸 보니, 꼭 한 번 다녀오고 싶으셨나 봐. 주말에 갔을 때 모시고 갔더라면 좋았을걸."

아빠는 머리를 천천히 쓸어올리며 깊은 한숨을 쉬었다.

"어휴, 너무 놀라 가슴이 쪼그라드는 거 같았지 뭐야."

엄마는 아빠 옆에 털썩 주저앉았다.

"너무 걱정 마. 지금은 괜찮으셔. 기운이 좀 없으시긴 해도 많이 안정되셨어."

윤지는 조용히 밖으로 나가 예빈이에게 전화를 걸었다. 오늘 약

속은 아무래도 지키기 어려울 것 같았다.

"정말이야? 너, 할아버지 엄청 좋아했잖아."

"응, 맞아."

윤지의 눈에 눈물이 고였다. 아무리 사이가 멀어졌다고는 하지만 예빈이는 윤지와 많은 시간을 함께해서 그 누구보다 윤지에 대해 잘 알고 있었다.

"윤지야, 잘 다녀와. 다음에 다시 약속 정하자."

통화를 마치고 로비로 들어가자 윤서가 손을 흔들었다.

"언니, 빨리 와. 할아버지 만나러 들어갈 거래."

윤지는 종종걸음으로 가족들이 모여 있는 곳으로 갔다. 잠시 후, 집중요양실의 문이 열리고 윤지네 가족은 조용히 안으로 들어갔다. 해가 잘 들어오는 창문 쪽 침대에 할아버지가 누워 있었다.

"할아버지…."

할아버지는 미소를 지으며 윤지의 얼굴을 쳐다봤다.

"윤지야, 걱정하지 마. 난 아무렇지 않아."

평온한 얼굴이었지만 전보다 훨씬 기운이 없는 목소리였다.

"이 할애비가 너에게 왜 그런 미션을 주었는지, 이제 혹시 이해하겠니?"

윤지는 고개를 끄덕였다.

"상처를 주는 것도 사람이지만 그 상처를 치유해주는 것도 사람이란다. 이 말을 잊지 말았으면 좋겠구나."

윤지는 여전히 고개만 끄덕이며 아무 말도 하지 못했다. 뭐라고 한마디라도 했다간 금방 눈물이 터져나올 것 같았다.

"저기 걸려 있는 외투 좀 가져다주겠니?"

윤지는 침대 위 옷걸이에 걸린 할아버지 외투를 가져왔다. 할아버지는 외투 안주머니에서 꼬깃꼬깃 접혀 있던 자료 뭉치를 꺼내 윤지에게 건네줬다.

"자, 이제 이건 네 거다. 내가 꼭 만들어보고 싶었던 건데 대신 우리 손녀딸이 내 소망을 이뤄주겠구나."

"할아버지, 아직 미션이 다 안 끝났잖아요. 한 명 더 남았는데…."

윤지는 터져나오려는 울음을 억지로 참으며 말했다.

"분명히 성공할 걸 알기에 주는 거란다."

"그래도 성공하는지 못하는지 할아버지가 끝까지 지켜봐주세요."

자꾸만 가슴이 울컥거리고 목소리가 떨려서 더 이상 말을 할 수 없었다.

"네 표정이 말하고 있지 않니? 미션 성공이 눈앞에 있다고 말이다."

윤지는 얼른 고개를 뒤로 돌렸다. 눈물이 샘물처럼 솟아올랐다.

"할아버지!"

윤서도 눈물을 흘리며 할아버지 품에 안겼다. 할아버지는 윤서를 따뜻하게 안아줬다.

집으로 돌아온 윤지는 할아버지의 자료를 꼼꼼히 살펴봤다. 이 자료만 있으면 앞으로 2, 3주면 설계도를 뚝딱 완성할 수 있을 것 같았다.

다음 날, 윤지는 자료를 가지고 과학센터로 갔다. 회의를 시작하자마자 할아버지의 자료를 딱 내놓고 지금까지의 어설픈 설계를 모두 뒤엎을 생각이었다.

윤지와 현수가 가장 먼저 강의실에 도착하고 곧이어 아이들이 하나둘씩 들어와 앉았다. 잠시 뒤, 선생님이 들어와 윤지에게 노트북을 건네줬고 아이들은 눈빛을 빛내며 열심히 의견을 말하기 시작했다. 그렇지만 윤지는 손가락으로 키보드를 또닥거리기만 할 뿐 아이들의 의견에 귀를 기울일 수 없었다.

'언제 이걸 내놓는담?'

윤지의 머릿속엔 온통 할아버지의 자료에 대한 생각뿐이었다. 언제라도 꺼낼 수 있도록 가방도 아예 무릎 위에 올려놓고 있었다. 그렇게 얼마의 시간이 지났을까.

"윤지야, 2주 전 우리가 회의했던 내용 중에서 준범이가 가져온 자료로 얘기했던 거 있잖아. 그 부분 좀 찾아봐줄래?"

채원이 말에 윤지는 지난 회의록을 검색해봤다. 그러고 보니 처음엔 깨끗하던 컴퓨터에 회의록 파일만 열 개가 넘게 들어 있었다.

윤지는 채원이가 말한 부분을 열어 화면을 보여줬다.

"여기에 있는 이 일본 로봇보다 휴보(두 발로 걸을 수 있는 인간형 로봇)가 더 정밀하다는 거야?"

"그래. 보행이나 계단 오르기는 일본 로봇이 더 뛰어날 수 있지만 손가락 움직임은 휴보가 훨씬 뛰어나."

"민준이 말이 맞아. 일본 로봇은 관절 모터가 26개인데 휴보는 41개거든. 그러니까 우리는 휴보의 관절 모터를 바탕으로 해서 설계해야 하는 게 맞는 거 같아."

아이들은 늘 그렇듯 의욕에 넘쳐 있었다. 친구들이 찾아온 자료를 꼼꼼하게 살펴봤고, 자신의 의견을 말할 때는 얼굴이 빨개질 정도로 열심이었다. 누구라고 할 것 없이 매시간 진지했고 열정적이었다.

아이들의 표정과 목소리를 유심히 살펴보던 윤지는 다른 아이들이 눈치채지 못하도록 고개를 숙이고 길게 한숨을 쉬었다. 그러고는 무릎 위에 올려놓은 가방을 슬그머니 내려놓았다.

윤지 팀의 설계도는 아직 절반도 만들어지지 않았다. 그렇기 때문에 할아버지의 자료를 꺼내놓는다면 모두 깜짝 놀라며 반가워할 게 분명했다. 하지만 그럴 수 없었다.

모니터를 채우고 있는 회의록 내용들과 아이들이 그려놓은 설계도를 보고 있자니, 이것을 만들려고 저마다 아이디어를 떠올리고 자료를 찾고, 또 머리를 맞대면서 의견을 주고받았던 시간들이 머릿속을 스쳐갔다. 그리고 이 일을 하면서 만났던 모든 아이들과 한층 더 가까워진 지오와 도훈이, 현수의 얼굴도 떠올랐다. 그리고 무엇보다 말이 많아지고, 웃음이 많아지고, 또 그만큼 마음도 넓어진 윤지 자신의 모습이 떠올랐다.

만일 아이들과 함께 만든 설계도를 '없었던 것', 즉 휴지조각으로 만들고 나면, 그동안의 시간들도 모두 무의미해질 것만 같았다.

할아버지의 자료가 보다 완벽한 설계도를 만들어줄 순 있겠지만 아이들 모두의 시간과 열정을 담은 설계도만큼 의미가 있을 수는 없었다.

집으로 온 윤지는 책상 앞에 앉았다. 그리고 가방 속에서 할아버지의 자료를 꺼내 가장 아래쪽 서랍 안에 넣어뒀다.

'할아버지, 지금은 이 자료를 꺼내놓을 수 없을 거 같아요. 그렇지만 제가 할아버지랑 약속한 대로 나중에 공학자가 되면, 그땐 꼭 이 자료로 로봇을 만들어 드릴게요.'

윤지는 눈을 감고 한참 동안 할아버지가 준 설계도를 떠올려봤다. 직접 손 글씨로 하나하나 적어놓은 내용들… 할아버지의 마음과 열정이 고스란히 담긴 그 자료들을 마음속에 꼭꼭 새겨넣고 싶었다.

미안해, 괜찮아, 고마워

“역시 맛있어요.”

예빈이가 햄버거를 먹으며 수줍게 말했다.

“그러니까 이제 자주 놀러 와. 이렇게 같이 있으니까 보기 좋구나.”

엄마는 음료수를 따라주며 웃었다. 윤지도 따라 웃었다.

“엄마, 저희 이제 방에 들어갈게요.”

햄버거를 하나씩 먹고 나서 윤지와 예빈이는 방으로 들어갔다.

“방이 많이 바뀌었지?”

윤지의 질문에 예빈이가 고개를 끄덕였다.

"많이 바뀌긴 했는데 그대로인 것도 있어."

"뭐?"

예빈이가 책상 앞에 놓여 있는 계획표를 가리켰다.

"예전에도 꼭 저렇게 계획표를 만들어놨잖아. 저걸 볼 때마다 대단하다 생각했거든."

"그랬어?"

예빈이는 주변을 두리번거리다 침대 위에 있는 곰 인형을 끌어안았다. 그러고는 곰 인형에 얼굴을 푹 파묻으며 말했다.

"윤지야, 오래전부터 너한테 꼭 하고 싶은 말이 있었어…."

"무슨 말?"

"정말 미안했어."

예빈이가 두 손으로 뺨을 가리며 말했다.

"다 지난 일인데, 뭐…."

"만약 내가 너였더라면 다시 이렇게 연락하지 않았을 거야. 그리고 나, 반성 많이 했어."

"반성?"

"작년에 우리 반이었던 혜진이가 다른 애들한테 엄청 심하게 왕따당한 거 알지? 단체 메신저 방에서도 따돌림당하고 괴롭힘당했

던 거…."

"응, 들었어."

윤지가 고개를 끄덕였다.

"그때 혜진이가 일기장에 죽고 싶다는 식의, 유서 비슷한 글을 쓸 정도로 너무 힘들어 했거든. 그런데 그런 혜진이를 보니까 네 생각이 더 많이 나는 거야. 너도 정말 많이 힘들었겠구나, 하고 말야. 넌 늘 평소와 똑같은 것처럼 행동했으니까 힘들 거란 생각을 그렇게 많이 못했거든."

윤지는 계속해서 말없이 듣고 있었다.

"네게 상처를 준 것처럼 혜진이에게도 그럴까 봐, 작년에 혜진이네 집에 자주 놀러갔어. 어디선가 봤는데, 친구가 한 명만 있어도 왕따가 아닌 거라고 하더라. 그 한 명의 친구가 내가 돼야지 생각했거든."

"그래? 혜진이가 좋아했을 거 같아."

"다 네 덕분이야. 네가 아니었으면 그런 생각도 못하고 혜진이에게 똑같은 상처를 줬을 거야. 그런데 정작 너한텐 미안하단 말도 못하고…. 그때 이후로 네가 말도 없어지고, 친구들과도 잘 어울리지 않는다는 걸 알면서도…."

예빈이가 말을 흐리면서 고개를 숙였다. 윤지는 길게 심호흡을 한 뒤, 4학년 때 이후 처음으로 속마음을 털어놓았다.

"솔직히 말하면 그때 많이 속상했고 오랫동안 마음이 아팠어. 그렇지만 이젠 더 이상 그러고 싶지 않아. 너하고도 예전처럼…."

윤지가 말을 채 마치지 못하고 입을 꾹 다물었다.

"우리 언니가 그러더라. '안녕?' 하고 말 한마디만 건네면, 다시 예전처럼 좋은 사이가 될 수 있을 거라고… 그런데 그럴 용기가 쉽게 나지 않았어. 그래서 네가 먼저 연락해줬을 때 정말 고맙고 미안했어."

"나도 이렇게 다시 우리가 만나게 돼서 정말 좋아. 그러니까 미안하다고 하지 마. 이젠 다 괜찮아."

윤지와 예빈이는 잠시 서로 말없이 얼굴을 마주봤다.

"으으으, 이건 좀 오글거린다, 그치?"

예빈이가 손가락을 말아쥐며 몸을 부르르 떨었다. 윤지는 깔깔거리며 웃었다.

며칠 뒤, 수업을 마치고 집에 오니 엄마와 아빠, 윤서가 거실에 모여 있었다. 윤지의 눈에 제일 먼저 들어온 건 모두가 갖춰 입은

검은색 옷이었다.

"윤지야, 옷 갈아입고 할아버지께 가자."

아빠가 소파에서 일어서며 윤지를 향해 말했다.

"할아버지가 하늘나라로 떠나셨어."

뒤이어 엄마가 말했다. 윤지의 가슴이 털썩 내려앉았다.

윤지는 방으로 들어가 검은 옷을 갈아입었다. 그리고 장례식장으로 향했다.

"이렇게 빨리 돌아가실 줄은 몰랐는데…."

차에 올라탄 윤지는 창밖을 바라보며 혼잣말처럼 중얼거렸다.

"윤지야, 할아버지께서 늘 주머니에 작은 계산기 같은 걸 넣어 다니시는 걸 본 적 있지?"

아빠가 운전을 하면서 윤지에게 물었다.

"네."

"그게 산소포화도 측정기란다. 보통 사람들은 95에서 100 정도가 정상이지. 그렇지만 할아버진 오랫동안 50 정도의 산소포화도로 살아오셨단다."

"네?"

혈액 속에 산소가 얼마나 포함돼 있는지를 뜻하는 산소포화도.

윤지도 예전에 한 과학 잡지에서 산소포화도에 대한 글을 본 적이 있었다.

"그 때문에 할아버지는 늘 차 안에 휴대용 산소 마스크를 가지고 다니셨지."

"그건 할아버지께서 혹시라도 주변에 응급환자가 생기면 사용하려고 비상용으로 가지고 다니신다고…."

"기억하고 있구나? 얼마 전, 할아버지께선 수술을 하기 위해 미국으로 떠나셨어. 그렇지만 연세도 많으시고 워낙 오래된 병이라 수술도 어려웠단다."

"그럼 수술이 잘못돼서 돌아가신 거예요?"

"아니. 수술은 끝내 하지 못하고 그냥 돌아오셨어. 그리고 오늘 새벽에 갑자기 호흡장애가 와서 돌아가신 거야."

"그렇지만 마치 주무시는 것처럼 편안하게 돌아가셨다 하더라. 아버님도 참…."

엄마가 가라앉은 목소리로 말했다.

윤지는 말없이 창밖을 내다봤다. 빠른 속도로 휙휙 지나가던 풍경들이 어느 순간 한 덩어리로 뭉그러지더니 빗물처럼 주룩주룩 흘러내렸다.

'할아버지께 보여드리고 싶은 게 얼마나 많았는데… 친구들도 한 명씩 소개해 드리고, 완성된 로봇도 보여 드리고 싶었는데….'

윤지의 눈에선 하염없이 눈물이 흘러내렸다.

장례식을 마치고 집으로 돌아온 윤지는 사흘 만에 처음으로 휴대전화 전원을 켜봤다. 거기에는 몇 개의 문자메시지가 도착해 있었다.

윤지야, 네가 없으니까 교실이 너무 허전하다.

할아버지는 분명 좋은 곳으로 가셨을 거야. 힘내.

푸름이었다.

현수한테 얘기 들었어.

마음 아프겠지만 씩씩하게 잘 이겨내길 바랄게.

다음에 만날 때는 도넛 먹으러 가자.

지오였다.

나도 너희 할아버지, 꼭 한 번 뵙고 싶었는데….

마음으로나마 좋은 곳으로 가시길 빌게.

다녀와서 또 만나자.

예빈이었다.

너무 많이 슬퍼하지 말고,

할아버지 잘 보내드리고 오길 바랄게.

마지막으로 현수의 문자메시지였다.

문자메시지를 하나하나 읽는 동안 윤지는 마음이 따뜻해지는 걸 느꼈다.

하늘에서 온 이메일

"윤지야, 여기!"

수많은 사람들 틈에서 지오가 손을 흔들었다. 오늘은 과학센터 본원에서 로봇 아이디어 경진대회 시상식이 열리는 날이었다.

"다들 모였니? 그럼 들어가자."

선생님이 아이들을 이끌고 시상식장으로 들어갔다. 맨 앞줄에 있는 원탁에 〈3위 과학센터 제5팀〉이라는 명패가 보였다. 윤지와 선생님, 그리고 아이들은 원탁에 둘러앉았다. 그때였다. 지오가 휘둥그레진 눈을 하고 옆 원탁을 가리켰다.

"어? 도훈아!"

로봇
아이디어 경진대회
3위

그곳에는 도훈이가 앉아 있었다. 윤지는 그럴 줄 알았다는 듯 빙긋 웃었다. 그러고는 뚜벅뚜벅 걸어가 도훈이의 어깨를 반갑게 살짝 쳤다.

"신도훈! 오랜만이다!"

원탁 위에는 〈2위 푸른영재학교〉라는 명패가 놓여 있었다.

"우리는 3등 했어. 잘했지?"

"내가 있었으면 2등은 했을 텐데."

하나도 변하지 않은 표정과 목소리로 도훈이가 말했는데도 정겹기만 했다. 윤지는 피식 웃으며 다시 자기네 팀으로 돌아왔다.

"뭐야? 쟤네가 2등이야?"

채원이가 목소리를 낮춰 아이들에게 말했다.

"설마, 도훈이가 우리 정보를…."

준범이가 도훈이를 흘낏흘낏 쳐다보며 말했다. 아이들이 잠시 웅성거렸다.

"그렇진 않았을 거야. 걱정 마."

윤지가 말했다.

"이제 제19회 전국 어린이 로봇 아이디어 경진대회 시상식을 시작하겠습니다."

텔레비전에서 많이 본 아나운서 아저씨가 시상식 시작을 알렸다. 간단한 의례와 인사말이 끝나자 본격적으로 시상이 진행됐다.

"3위, 과학센터 5팀 조윤지 외 5명이 만든 '맛있는 노래 이야기' 로봇입니다."

시상식장 스크린에 윤지네 팀이 만든 설계도와 모형 로봇, 그리고 로봇의 기능에 대해 설명하는 민준이와 윤지의 모습, 그리고 선생님의 모습이 차례로 나왔다. 윤지네 팀은 모두 우르르 나가서 트로피와 메달을 받았다. 시상식장 안은 박수 소리로 가득 찼다. 사람들을 향해 서서 트로피를 들어올리는 윤지의 가슴은 터질 듯이 벅차올랐다.

"그리고 2위는 푸른영재학교 최우영 외 4명이 만든 '메모리봇' 입니다."

도훈이네 팀이 만든 로봇은 학습 내용을 반복해 들려주면서 쉽게 지식을 외울 수 있도록 도와주고, 간단한 시험까지 낼 수 있는 로봇이었다.

"우리 거랑 완전히 다르네."

"그래. 전혀 달라, 전혀…."

아이들은 고개를 절레절레 저었다.

"오늘 상도 받았으니까, 우리 맛있는 거 먹으러 가야지!"

시상식장을 나서며 선생님이 말했다. 아이들은 환호성을 질렀다. 선생님이 아이들을 이끌고 간 곳은 근처에 있는 뷔페식 패밀리 레스토랑이었다.

"으흐흐, 선생님 너무 무리하시는 거 아니에요?"

"잘 먹겠습니다!"

윤지는 아이들과 함께 우루루 샐러드바로 갔다. 선생님은 그런 아이들을 흐뭇한 표정으로 바라봤다.

"오늘이 모두 함께 모이는 마지막 날이네."

신나게 먹고 나서 배를 두드리는 아이들을 향해 선생님이 말했다.

“아, 마지막 날이라뇨? 우리 계속 만나야죠!”

“맞아요. 과학센터에 자주 놀러갈게요.”

채원이와 현수가 서운한 표정을 지으며 말했다.

“이제 모두 친구가 된 거야?”

아이들은 고개를 끄덕였다.

“그래. 비록 우리가 했던 일은 끝이지만 친구 사이란 끝이 없는 법이지. 하지만 과학센터에 너무 자주 놀러오진 마. 선생님도 이젠 연구도 해야 하고 논문도 써야 하거든. 흐흠.”

선생님 말에 아이들 모두가 웃음을 터뜨렸다.

“자, 이제 가자. 얼른 집에 가서 메달 자랑해야지.”

선생님이 자리에서 일어서자, 아이들도 모두 자리에서 일어섰다.

식사를 마치고 집으로 오는 길, 윤지의 휴대전화 알림음이 울렸다.

3등이라니…. 어쨌든 축하한다. 우리 아빠는 우리 팀이 2등인 게 못마땅하신 거 같아. 세계대회 출전권은 1등에게만 주어지는 거잖아. 그리고 내가 처음 제안했던 로봇 말야, 그건 다들 잊어달라고 좀 전해줘.

문자메시지를 읽으며 윤지는 피식 웃었다. 윤지는 곧 답장을 보냈다.

걱정 마. 다른 애들은 이미 네가 처음 말했던 로봇, 그거 다 잊어버렸어. 우리 로봇 만드느라 정신없어서…. 다음에 우리 만나는 날 연락할 테니 너도 나와. 같이 놀자.

그로부터 어느새 1년이 흘렀다. 윤지는 옷을 단정히 입고 할아버지의 1주기 추모식이 열리는 성당으로 갔다. 아주 큰 성당이었지만 사람들로 가득했다.

"세상에, 장례식 날에도 사람들이 그렇게 많더니 1년이나 지났는데도 성당이 가득 찼네. 할아버지께서 참 많은 사람들에게 사랑을 받으셨나보다."

엄마가 윤지의 손을 잡으며 말했다. 윤지와 윤서, 엄마는 빈자리를 찾아 앉았다. 곧이어 장엄한 미사곡이 울려퍼지고 미사가 진행되었다. 윤지는 두 손을 모으고 진심을 담아 기도를 했다.

미사가 모두 끝나고 난 뒤, 사람들은 너나 할 것 없이 옆 사람과 가볍게 목례를 했다. 윤지도 옆에 앉은 아저씨에게 인사를 했다. 처음 보는 아저씨였지만 이상하게도 낯설다는 생각이 들지 않았다.

“혹시 네가 윤지니? 조 이사님의 손녀?”

윤지가 눈을 동그랗게 뜨고 아저씨를 올려다봤다.

“조 이사님과 꼭 닮은 걸 보니 맞구나. 할아버지께서 네 이야기를 많이 하셨단다.”

“제 이야기를요?”

“응. 난 원더랜드의 직원이고 조 이사님 친구이기도 하지.”

윤지가 고개를 갸웃거렸다. 할아버지와 친구를 하기엔 너무 젊어 보였다.

“할아버지께서 너와 내가 많이 비슷하다고 그러시던데? 친구를 사귈 줄 모르는 외톨이라고….”

윤지가 화들짝 놀라 아저씨의 얼굴을 빤히 쳐다봤다.

“혹시 아저씨도 할아버지 미션을…?”

아저씨는 조용히 웃으며 고개를 끄덕였다.

“지금 이 자리에 와 있는 사람들 중에서 많은 이들이 너와 나처럼 할아버지의 미션을 수행했던 사람들이야. 할아버지는 참 많은 사람들의 인생을 바꿔주신 분이지.”

윤지는 고개를 끄덕였다.

"그래서 나도 조 이사님처럼 이렇게 많은 사람들로부터 배웅을 받으며 떠나는 삶을 살아야겠다고 마음먹었단다. 그러려면 우리도 친구가 돼야겠지? 우정은 나이도 뛰어넘을 수 있지."

아저씨는 안주머니에서 명함을 꺼내 윤지에게 건네줬다. 명함에는 '원더랜드 기획2팀 팀장 신우현' 이라고 적혀 있었다.

"나중에 놀러오렴."

아저씨는 재킷을 걸치며 자리에서 일어섰다. 윤지는 명함을 한동안 쳐다보고는 지갑 속에 넣었다.

집에 도착한 윤지는 얼른 컴퓨터를 켰다. 예빈이가 자신의 블로그에 윤지의 사진을 올린다고 했기 때문이다. 컴퓨터를 켜자마자 습관처럼 이메일을 확인하던 윤지는 깜짝 놀라 모니터에 얼굴을 가까이 했다. 메일함엔 '사랑하는 윤지에게' 라는 제목의 이메일이 도착해 있었다.

'이런 제목으로 메일을 보낼 사람이 없는데… 누구지?'

윤지는 고개를 갸웃거리며 제목을 클릭해봤다.

사랑하는 윤지야, 잘 지내니?

나는 지금 이메일 타임머신이란 프로그램을 이용해 이렇게 글을 쓰고 있단다. 이 프로그램을 이용하면 원하는 시간에 메일을 보낼 수 있거든. 네가 이 글을 읽게 될 쯤이면, 이 할아비가 곁에 없을 수도 있겠구나.

나는 곧 수술을 받으러 미국으로 떠날 거야. 수술이 성공한다면야 다시 우리 윤지를 만날 수 있겠지만 행여나 그렇지 못할 경우를 대비해 이렇게 인사를 미리 남겨놓으려 한다.

윤지야, 할아버지는 우리 예쁘고 똑똑한 손녀딸이 친구들과의 문제 때문에 괴로워하고 슬퍼하는 게 너무나 안타까웠단다. 그래서 빨리 훌훌 털고 일어나길 바랐지만 너는 생각보다 오랜 시간 동안 그 상처를 잊지 못하더구나.

할아버지는 사는 동안 많은 발명품과 장난감을 만들었지. 그런데 지금 내 곁에 남은 건 그 수많은 물건들이 아니라 나를 믿어주고 따라줬던, 그리고 나와 친구가 돼줬던 사람들이란다. 그렇지만 할아버지라고 해서 그 사람들과 늘 즐겁기만 했던 건 아니었어. 때론 상처를 주기도 했고 또 받기도 했지.

윤지야, 너는 어쩌면 앞으로도 이따금 사람들에게 상처를 받을지도 몰라. 그렇지만 그 아픔 속에도 배울 점이 있다는 걸 기억해라. 내가 아플 때 누군가 보내주는 다정한 눈길과 손길, 그리고 소중한 위로의 말을 잊지 말거라.

반대로 친구들이 아파할 때는 네가 아팠던 기억을 떠올리며 그들을 따뜻하게 안아줘라. 아팠던 사람만이 정말 큰 사랑을 베풀 수 있는 법이란다.

사랑하는 윤지야, 아마 지금쯤 너의 마음은 또 한 뼘쯤 자라 있겠지? 똑똑하고 예쁘고, 거기에 따뜻한 마음으로 언제나 웃으며 지내고 있을 우리 손녀딸, 할아버지는 네가 자랑스럽단다!

윤지의 수호천사, 할아버지가.

윤지의 눈에선 하염없이 눈물이 흘러내렸다.

그렇게 얼마나 울었을까. 실컷 울고 나니 오히려 마음이 개운해지는 것 같았다. 윤지는 컴퓨터 앞으로 바짝 다가갔다. 그리고 '답장 쓰기'를 클릭했다.

할아버지, 저 윤지예요.

할아버지가 계신 그곳은 어떤가요? 그곳에서도 많은 사람들이 서로 관심을 갖고, 먼저 다가가서 마음을 알아주고, 칭찬을 해주며 함께 환하게 웃음을 나누고 있나요? 할아버지께서 알려주신 다섯 가지 키워드는 제 마음속에 깊이 새겨졌답니다.

사실 처음엔 할아버지 말씀이 잘 이해되지 않았어요. 목표에 열정을 쏟는 것만큼 친구 관계에 왜 그토록 정성을 쏟아야 하는지 몰랐거든요. 그런데 이제는 알 거 같아요.

할아버지 자료는 그냥 저 혼자만 갖고 있기로 했어요. 멋진 로봇을 만들 수 있는 완벽한 설계도보다 친구들과 함께 만든 '우리들의 설계도'가 더 소중하다는 사실을 알았거든요.

하지만 너무 서운해하진 마세요. 언젠가는 할아버지 자료로 꼭 로봇을 완성하고 말 테니까요!

할아버지, 그곳에서도 보셨죠? 얼마 전 할아버지의 1주기 추모 미사 때 성당이 가득 찰 만큼 많은 사람들이 왔어요. 저는 우리나라 최고의 발명가이자 커다란 회사의 주인이었던 할아버지도 멋있었지만, 그렇게 많은 사람들의 친구였던 할아버지가 훨씬 존경스럽답니다.

할아버지, 하늘나라에서도 저를 쭉 지켜봐주세요. 지금보다 더 자랑스러운 손녀가 될게요!

할아버지의 영원한 팬, 윤지 올림.

어린이를 위한 관계의 힘

친구

제1판 1쇄 발행 | 2014년 4월 30일
제1판 22쇄 발행 | 2023년 6월 1일

원 작 | 레이먼드 조
지은이 | 전지은
펴낸이 | 김수언
펴낸곳 | 한국경제신문 한경BP

주소 | 서울특별시 중구 청파로 463
기획출판팀 | 02-3604-590, 584
영업마케팅팀 | 02-3604-595, 562 FAX | 02-3604-599
H | http://bp.hankyung.com E | bp@hankyung.com
F | www.facebook.com/hankyungbp
등록 | 제 2-315(1967. 5. 15)

ISBN 978-89-475-2957-0 63800

책값은 뒤표지에 있습니다.
잘못 만들어진 책은 구입처에서 바꿔드립니다.